잘 넘어지는 연습

# 잘 넘어지는 연습

툭툭 털고 일어나 다시 걸을 수 있도록

조준호 지음

생각
정원

# 어차피 넘어질 수밖에 없다면

◇◇◇◇◇◇◇◇◇◇◇

　내가 처음 유도를 배울 때 가장 많이 했던 것은 낙법이었다. 특히 상급생들이 큰 시합을 앞두고 있을 때는 후배들이 상대가 되어 훈련을 도와야 했다. 사실 도왔다기보다는 패대기를 당했다는 게 더 정확한 표현이다. 실력이 부족하니 시합에서 맞설 상대처럼 겨룰 수는 없고 선배들이 기술을 연마하도록 공격을 당하는 게 일이었다.

　하루에 적게는 50번, 많게는 100번까지 도장 바닥에 패대기쳐졌다. 두 발이 들려 넘어갈 때마다 낙법을 쳤는데, '탕' 하고 도장이 울릴 정도로 큰 소리가 나면 관장님이 아주 흡족해하셨다.

"어유, 준호 잘 쳤다."

하지만 나는 그 말이 다르게 들려서 괜히 속이 상하곤 했다.

"어유, 준호 잘 졌다."


낙법은 말 그대로 '떨어지는 방법', 즉 '넘어지는 방법'이다. 유도의 게임 룰에 따르면 낙법은 '이기는 방법'이 아니라 '지는 방법'이다. 유도는 상대를 잘 넘겨야 이기는 경기지, 내가 잘 넘어져야 이기는 경기가 아니기 때문이다. 아무리 낙법을 잘해도 그것만으로는 절대 이길 수가 없다. 그런데도 유도는 제일 처음 낙법부터 가르친다.

왜 지는 방법부터 배우는 걸까? 이유는 하나다. 제아무리 유도 천재라고 해도, 백전불패를 자랑하는 강자라고 해도 경기 중에 넘어지지 않을 도리가 없기 때문이다. 상대 선수의 기술에 당하든, 공격하다가 상대와 같이 넘어지든 어쨌든 넘어질 수밖에 없다.

누구나 넘어지면 아프다. 그래서 조금이라도 덜 아프기 위해, 덜 다치기 위해 배우는 게 바로 낙법이다. 이걸 익히면 상대에게 메치기를 당해 나가떨어지거나 갑자기 넘어져도 부상으로부터 몸을 지킬 수 있다. 그리고 무엇보다 중요한 사실! 낙법을 제대로 익히면 메치기를 당해도 다치지 않을 거란 사실을 알기에 상대의 공격에도 움츠러들지 않고 경기에 전념할 수 있다.

어차피 넘어질 수밖에 없다면,
잘 넘어질 것!
아프지 않게, 다치지 않게,
그래서 다시 일어설 수 있게!

이게 유도에서 낙법을 기본 기술로 내세우는 이유다. 책을 쓰면서 자료를 찾다가 알게 된 사실인데, 유도선수뿐 아니라 사이클선수도 처음엔 '잘 넘어지는 연습'부터 한단다. 여러 번 넘어져본 사람만이 넘어지는 이유나 상황을 제대로 파악하고 이에 대비할 수 있기 때문이란다.

잘 넘어지는 연습, 유도나 사이클선수뿐 아니라 우리 모두에게 필요한 연습이 아닐까. 절대 넘어지지 않고 탄탄대로를 걸을 수 있는 사람은 많지 않으니까. 예측하지 못한 장애물에 걸려 넘어지든 정신없이 뛰다가 제 발에 걸려 넘어지든 살면서 누구나 한 번쯤은 넘어질 수밖에 없다. 그렇다면 안 넘어지려고 기를 쓰기보다 넘어져도 다치지 않는 방법을 익히는 게 좀 더 유용할 것이다.

실제로 유도뿐 아니라 삶에서도 낙법 덕을 많이 봤다. 사소하게는 빙판길에 넘어져도 크게 다칠 일이 없다. 좀 거창하게는 2012년 런던올림픽에서 금메달이 좌절된 후에도 포기하지 않고 도전해 동메달을 거머쥐었던 것도 '낙법정신'이 한몫한 덕분이었다. 고작 스물여섯이란 어린 나이에 국가대표 은퇴를 결심할 수 있었던 것, 그것도 어쩌면 낙법 덕분이었다.

넘어져도 다시 일어서면 이길 수 있는 기회가 생긴다는 사실을 몸으로, 경험으로 '지긋지긋하게' 배웠으니까.

요즘은 마음의 낙법을 자주 친다. 평생 단 한 번도 넘어지지 않고 살 수 없듯이 마음에 상처가 되는 말을 단 한마디도 듣지 않고 살아갈 수는 없다. 나 역시 올림픽을 통해 조금 유명세를 타고 〈우리동네 예체능〉, 〈나 혼자 산다〉 같은 방송에도 몇 번 얼굴을 비추고 나니 주변에 뜬구름 같은 소문이 돌았다. 나를 잘 모르는 사람이 잘 모르고 하는 소리들이 들려왔다. 제멋대로 판단하고 헐뜯는 이야기들에 억울한 마음이 들었지만 일일이 찾아다니면서 따질 수도 없는 노릇이었다. 그때마다 내가 사용한 마음의 낙법은 이렇다.

'됐어. 쟤도 잘 모르고 하는 소리잖아. 그냥 무시해.'

나를 잘 아는 사람이 하는 쓴소리라면 귀담아듣겠지만 잘 알지도 못하는 사람이 하는 근거 없는 악담에까지 귀 기울일 필요가 뭐 있으랴. 주문처럼 되뇌는 이 말은 마음의 상처에 바르는 소독약이고 주눅든 스스로에 대한 다독임이다. 괜히 움츠러들지 않게, 기죽지 않게 나 자신에게 보내는 응원가이기도 하다. 십수 년 동안 넘어져도 다치지 않는 연습을 했던 나는 여전히 상처받아도 너무 오래, 많이 아프지 않도록 스스로를 보호하는 연습을 하고 있다.

그러니까 이 책은 '참 잘 넘어지고', 또 '참 잘 일어서는' 사람의 이야기다. 남들보다 좋은 기술이 없어서 유도선수로는 조금별 볼 일이 없었어도, 덕분에 책 볼 일은 많아서 이렇게 몇 자적을 수 있게 되었다. 이 정도면 괜찮지 않은가. 이 책에는 희망도 절망도 없다. "죽어라 노력하면 안 되는 일이 없어요"라는 헛된 희망도 없고 "에라이, 아무리 해도 난 안 돼"라는 절망도 없다. 살다 보면 죽어라 노력해도 안 되는 일이 있지만, 또 살다 보면 죽어라 안 될 것 같던 일이 되는 날도 있더라.

우리는 저 하늘 위에 있을지도 모르는 토기장이가 완벽하게 빚어놓고는 척박한 땅에 내던져버린 질그릇들은 아닐까. 태어나서 죽을 때까지 이 땅에서 살아가는 과정은 산산조각 나 이곳저곳에 흩어져 있는 파편들을 모으는 일에 지나지 않을지도 모른다. 유도 이야기가 주로 등장하는 것은 내가 올림픽 동메달리스트였기 때문이 아니라 유도가 내 삶의 조각 중 가장 큰 파편이기 때문이다. 그러니 유도라는 특수한 소재에 거리감을 느끼기보단 당신이 찾은(혹은 찾아야 할) 삶의 파편에 대입해 읽어주시면 좋겠다.

쓸데없어 보여도 나름 유용한 인생낙법, 여러분과 나누고 싶다. 아낌없이 드릴 테니 사양 말고 받아주시길.

Part 1

# 잘 넘어지기

# 3등인데 아쉽지 않아요?

2012년 런던올림픽에는 불명예스러운 꼬리표가 하나 달려 있다. 바로 '오심 올림픽'이다. 대한민국 선수만 무려 세 명이 오심 때문에 눈물을 흘려야 했고 그중에는 나도 포함돼 있었다. 아마 많은 분들이 기억하고 있겠지만 그때의 상황을 다시 복기하자면 이렇다.

불꽃 튀는 접전 끝에 승부가 갈리지 않아 연장전까지 이어졌던 8강전. 경기가 종료된 후 세 명의 심판은 모두 나의 판정승을 선언했다. 그런데 갑자기 심판위원장이 심판들을 불러 모아 이야기를 주고받았다. 이내 자리로 돌아온 심판들은 앞서의 판정을 번복하고 다시 판정을 내렸다. 이번에는 세 명 모두 나의 패배를 선언했다. 이후 심판의 자질이 도마 위에 올랐고 각국 외신은 물론 일본 언론조차 '석연치 않은 판정'으로 평했을 만큼 납득하기 어려운 결과였다.

새벽까지 경기를 지켜본 많은 사람들이 함께 울분을 터뜨렸다. 더욱이 상대가 일본 선수였기 때문에 한일 감정까지 더해져 국민들의 분노는 쉽게 사그라지지 않았다. 당시 올림픽 홈페이지는 물론, 심판의 개인 블로그에까지 한국 네티즌들의 항의가 빗발쳤다. 내 경기가 올림픽 초반에 이루어졌기 때문에 남은 경기들에 악영향을 끼칠까 하는 우려도 상당했다. 나 역시 허탈하지 않았다면 거짓말일 것이다. 하지만 아직 남은 경기가 있었다. 넋 놓고 주저앉아 있을 수만은 없었다.


패자부활전을 거쳐 동메달 결정전을 확보했다. 4강에서 떨어진 선수가 내 상대가 될 터였다. 그런데 4강전에서 스페인의 스고이 우리아르테 선수가 지는 게 아닌가. 솔직히 그 순간 나는 물론이고 코치진과 감독님도 마음속으로 동메달을 접었다.

무력한 포기가 아니라 합리적인 판단이었다. 나는 판정 번복 이후 멘탈이 흔들릴 대로 흔들렸을 뿐 아니라 이전 경기에서 부상을 당해 팔꿈치 인대까지 끊어진 상태였고 그 선수와의 상대 전적은 2전 2패로 전패를 기록하고 있었다. 게다가 8강전에서 판정을 번복한 심판위원장의 국적이 스페인이었기에 더욱 신경이 곤두설 수밖에 없었다. 감독님은 내게 누차 강조하셨다.

"이기려면 무조건 의심 없는 한판 기술로 이겨야 한다. 판정 까지 가면 진다."

하지만 기술보다는 근력으로 경기를 이끌어가는 나의 경기 운용 방식과 부상으로 한 팔밖에 쓰지 못하는 상태를 고려하면 불가능한 이야기였다.

"부상만 아니어도 해볼 만했을 텐데."

"스페인 선수만 아니면 기대를 걸 수도 있는데."

안타까움과 아쉬움을 담은 가정들이 오갔다. 그런데 주변 의 우려가 커질수록 나는 오히려 생각이 차분해졌다. 경기 이 후 마음이 흔들렸던 이유는 억울함이나 분노 때문이라기보다 예상치 못한 결과에 대한 당혹감 때문이었다. 시간이 지나면서 당혹감은 누그러졌다. 이제 마음을 가다듬고 상황을 바라보니, 조금 다른 생각이 들었다.

'부상을 입을 만큼 최선을 다하지 않았다면 내가 동메달 결 정전까지 올 수 있었을까? 아무리 스페인 선수라고 할지라도 내가 압도적인 경기력을 보여준다면 과연 상대편의 손을 들어 줄 수 있을까? 이미 경험했잖아. 승패가 결정된 후에도 결과는 바뀔 수 있다는 것. 그러니까 장담할 수 있는 건 아무것도 없어.

결과는 모르는 거야.'

그리고 나는 사람들이 우려했던 모든 악조건을 딛고 결국 동메달을 목에 걸었다. 올림픽 역사상 유례가 없는 판정 번복을 당하고 인대가 끊어져 한 팔밖에 쓸 수 없는 와중에도 나는 내 능력의 120퍼센트, 200퍼센트를 끌어냈다. 그래서 내게 동메달은 새드엔딩이 아니라 완벽한 해피엔딩이었다. 나는 포기하는 대신 주어진 조건과 환경에서 최선을 다했다.

기뻤다. 진심으로 기뻤다.

하지만 다른 사람들의 생각은 좀 달랐던 모양이다.

"1등도 아니고 3등인데 아쉽지 않아요?"

"판정 번복만 없었으면 금메달도 딸 수 있었을 텐데요. 정말 안타깝습니다."

"이번 결과가 특히 아까웠을 것 같은데, 심경이 어떠세요?"

'아쉽고, 안타깝고, 아깝다.'

내가 런던올림픽 동메달리스트가 되었던 해피엔딩의 순간, 내 인생에서 가장 찬란했던 순간에 쏟아진 위로의 말들이었다. '판정의 희생양', '눈물의 동메달'이 나의 소식을 알리는 헤드

라인이었다. 이제 와서 말하지만 그런 말을 들을 때마다 좀 의아했다.

'무려 세계 3등인데, 아쉽고 안타까울 일인가?'

대부분의 사람들은 결과에 방점을 찍어놓고 과정을 해석한다. 결과가 어떻게 나오느냐에 따라 그간의 노력이 아주 다른 가치를 지니게 된다. 메달로 단순하게 정리해보자면 이렇다.

노력하지 않았다 → 금메달을 땄다 = 희대의 천재
노력하지 않았다 → 동메달을 땄다(혹은 노메달) = 최선을 다하지 않은 오만한 선수
노력했다 → 금메달을 땄다 = 이 시대의 롤모델
노력했다 → 동메달을 땄다(혹은 노메달) = 비운의 선수

특히 운동선수는 결과로 평가받고 결과로 기억된다. 숙명이다. 대부분의 선수들은 올림픽에 출전하는 단 하루를 위해 십수 년을 노력한다. 계산하기 쉽게 올림픽 개최 주기로만 따져도 4년이란 시간, 즉 1460일 동안 피땀을 흘린다. 하지만 사람들은 올림픽에 출전하는 단 하루, 그 단 하루의 단 몇 분으로 그를 기억한다.

그렇다면 나는 무엇을 보고 살아야 하는 걸까? 내 모든 것을

평가받는 단 몇 분을 바라보고 살아야 할까, 아니면 단 몇 분을 위해 걸어가는 1460일을 바라보고 살아야 할까?

이 질문을 꽤 자주 스스로에게 던져왔다. 죽을힘을 다해 운동을 하고 숙소로 돌아가서도 묻곤 했다.

'올림픽 무대에 섰을 때 후회하지 않을 만큼 오늘 하루 최선을 다했나?'

'그렇다'라는 답이 흔쾌히 나오지 않는 날엔 다시 운동장으로 나갔다. 한 바퀴라도 더 뛰어야 비로소 마음이 편했다. 그렇게 1460일 동안 단 하루, 단 몇 분을 바라보며 살다가 드디어 그 무대에 섰을 때 생각했다.

'이제 내게 주어진 연습은 없다. 지금까지 뛰어온 1460일을 믿자.'

믿을 수 있는 건 두 발로 뛰어온 시간들뿐이었다. 그리고 3등은 1460일의 뜀박질 끝에 거둔 결과였다.


3등.

모든 경기를 통틀어 딱 한 번은 무조건 져야만 얻을 수 있는 등수.

그렇게 패배의 쓴맛을 맛본 뒤에 금빛의 영광을 놓쳤음에도 포기하지 않아야만 비로소 거머쥘 수 있는 등수.

가장 중요한 건 내가 받은 등수다. 십수 년간 울고불고, 지지고 볶고, 넘어지고 일어서고, 조르고 졸리고, 메치고 메쳐지면서 유도에만 매달린 결과물.

그래서 아깝지 않았다. 아쉽지도 않았다. 내가 흘린 땀의 무게와 쌓아온 노력의 높이가 세계 3등이라는 것이 놀랍고 또 감사할 뿐이었다. 다시 눈을 감고 떠올려봐도 나는 그 순간, 그보다 더 잘할 수 없었다. 내가 할 수 있는 최고의 기술들로, 내가 가진 모든 체력을 끌어 모아 경기에 임했다. 그동안 내가 흘린 땀에 부끄럽지 않게 최선을 다했다고 자신할 수 있다.

다만 나 대신, 아니 나보다 더 아쉬워해주고 안타까워해준 국민들에게는 더할 나위 없이 큰 감사의 마음을 전하고 싶다. 시간이 많이 지나 그때의 기억이 조금 흐릿해졌을지 모르지만 나는 여전히 당신들의 울분과 눈물에 가슴이 뭉클하다.

# 쉼표와 마침표

유도를 시작한 이후 태릉선수촌은 나, 그리고 우리 가족의 꿈이었다. 대한민국에서 가장 운동을 잘하는 사람들이 모인 재능의 용광로. 나도 언젠가 그곳에 가서 나의 우상들과 함께 먹고 뒹굴고 생활하며 올림픽이라는 세계인의 축제를 준비하고 싶었다. 꿈에 대한 환상과 로망은 나를 움직이게 했을 뿐만 아니라 멈추고 싶어도 다시 뛰게 만들었다. 지금 당장 힘들어도 턱까지 차오르는 숨을 꾸역꾸역 참으며, 그렇게 버티고 또 버텼던 날들이 있었다.

용인대학교 1학년 말, 마침내 꿈을 이뤘다. 태릉선수촌에 입성하게 된 것이다. 꿈을 이루고 나니 세상을 다 가진 것만 같았다. 이전과는 전혀 다른 삶이 기다리고 있을 거라는 막연한 기대감에 사로잡혔다. 그리고 그와 동시에 꿈을 이뤘다는 안도감에 삶을 지탱하고 있던 긴장감이 조금씩 풀려갔다.

평생 꿈꾸던 우상들과의 생활도 몇 달이 지나니 곧 익숙해졌다. 처음에는 따라가기 벅차기만 했던 훈련도 조금씩 적응되었다. 나는 어느새 하루 훈련수당 3만 원, 딱 그만큼의 운동을 하는 것으로 만족감을 느끼고 있는 듯했다. 고된 훈련을 마치고도 힘이 남아 있는 내 자신이 그 증거였다.

'몇 달 전까지만 해도 파김치가 되어서 숙소로 돌아갔는데, 5미터도 걸어갈 힘이 없어서 기어서 들어갔는데, 이제는 왜 이렇게 훈련이 수월해졌지?'

그때까지도 나는 '아, 내 실력과 체력이 그만큼 늘었나 보다'하고 오히려 조금 뿌듯해하기까지 했다. 보여주기 식으로 운동하면서 코치를 속이고 동료를 속이고 스스로마저 속이고 있었지만 아둔한 나는 그걸 눈치채지 못했다. (어떤 날은 찜찜함을 느꼈던 것도 같다. 하지만 나는 자기합리화에 능해서 곧잘 무시했다.)

곧바로 슬럼프가 찾아왔다. 아무리 운동을 해도 체력이 늘지 않고, 되던 기술도 안 먹히고, 조금만 훈련해도 금방 지치는 날이 부지기수였다. '어떻게 이룬 꿈인데'라는 생각에 포기할 수 없는데도 주변에서 쏟아지는 기대와 스스로에게 부여한 막중

한 책임감이 버거워 가끔은 포기하고 싶다는 생각이 치밀기도 했다.

그토록 오래 품어온 꿈인데, 어떻게든 들어가고 싶었던 태릉 선수촌에 어렵사리 발을 들여놓고 대체 왜 그런 상황이 벌어진 걸까. 어쩌면 누군가는 꿈을 이뤘다는 자만에 빠져 노력이 부족했던 거라고 힐난할지도 모른다. 아무리 노력해도 꿈을 이루지 못하는 사람이 많은데 호강에 겨웠던 거라고 혀를 끌끌 차는 사람도 있을 것이다. 하지만 그건 결코 아니다. 나는 자만에 빠질 만큼 뛰어난 실력을 가지지 못했고 스스로도 그걸 잘 알고 있었다. 배부른 소리를 할 만큼 절박함이 없는 사람도 아니었다.

그렇다면 왜 그렇게 힘이 빠져버렸던 걸까 생각해보니, 그때의 나에게는 태릉선수촌이라는 꿈이 '결승선'이었기 때문이다. 결승선에 도달했으니 더 이상 뛸 마음도 들지 않고 더 뛸 체력도 없었던 것이다. 꿈을 이룬 뒤에 또다시 현실이 시작되므로 또 다른 꿈을 새롭게 품고 이루어내야 한다는 사실을 미처 몰랐던 나는 오직 태릉선수촌만 바라보며 참고 달려왔다. 그러다 막상 선수촌에 들어가자 목표를 이루었다는 안도감에 이전까지의 긴장감이 한 번에 풀려버렸던 것이다.

꿈은 끊임없이 이어지는 삶이라는 문장 속의 '쉼표'인데 우리는 꿈을 '마침표'로 착각하곤 한다. 그래서 꿈을 이루는 순간, 잠깐 쉬어가는 게 아니라 모든 것을 내려놓는 실수를 범한다. 우리가 나태해서 그런 실수를 저지르는 것은 아니다. 오히려 우리가 꿈이라는 마침표를 찍기 위해 온갖 노력을 기울이면서 쉼표를 사치로 여겨왔기 때문에 그런 실수도 저지르는 것이다.

내 주변을 조금만 둘러봐도 꿈을 이룬 후의 삶이 적나라하게 드러난다. 금메달을 딴 후 많은 선수들이 행복에 도취되기는커녕 오히려 방황을 경험하고 허무함과 공허함에 일상으로의 복귀를 힘겨워한다. 다수의 메달리스트와는 동떨어진 드문 사례이긴 하지만 도박에 빠져 포상금을 날리는 경우도 있고 마약이나 불법도박 같은 헤어날 수 없는 유혹에 빠져 스스로 영광을 차버리는 경우도 있다. 그들을 보면 금메달을 따는 순간을 위해 유예시켰던 행복을 한꺼번에 과다 섭취해서 배탈이 난 것은 아닐까 하는 생각이 든다. 모든 욕구와 욕망을 '꿈을 이룬 다음'으로 미뤄두고 억누르다가 정작 꿈을 이루면 그 욕구와 욕망이 잘못된 형태로 분출되는 것이다. 유예시킨 행복은 통조림 속의 참치와 달리 쉽게 부패하는 것만 같다.

런던올림픽에서 동메달을 따고도 아쉬워하지 않을 수 있었던 것은 그것이 내 인생의 결승선도, 마침표도 아님을 알았기 때문이다. 결승선인 줄로만 알았던 태릉선수촌 입성이 또 다른 출발선임을 깨달은 후, 아무리 크고 중요한 사건도 긴 인생을 놓고 보면 마침표가 아니라는 사실을 배우게 되었다.

꿈과 현실, 쉼표와 마침표, 결승선과 출발선……. 비단 운동선수에게만 해당되는 이야기는 아닐 것이다. 인터넷을 하거나 주변을 둘러보면 직장인으로 산다는 것에 대한 많은 담론들을 마주하게 된다. 삶을 미리 내다보려고 하는 것은 가장 쓸데없는 짓이라고 생각하지만 그래도 감히 예측해보건대 나는 앞으로 죽을 때까지 한 회사에 소속되어 '직장인'으로 살아낼 일은 없을 것 같다. 그래서 대한민국에서 가장 평범한 직장인들의 삶이란 내게 가장 이질적인 삶의 모습이다. 늘 도복만 입고 살아온 내가 움직이기 불편한 정장을 입고 책상 앞에 앉아 있는 모습은 꿈에서도 그려본 적이 없다. (아무리 생각해봐도 왜 그렇게 불편한 옷을 입고 일하는지 도통 이해가 가지 않는다.)

한 발짝 떨어져서 보는 것이기에 함부로 말할 수는 없지만, 직장인들의 삶을 보자면 내가 국가대표로 살았던 시절보다 훨씬 치열한 모습에 혀를 내두를 때가 한두 번이 아니다. 고된 하루하루를 악착같이 버티는 모습에 눈앞이 아득해질 때도 여러 번이다. 이를 악물고 반복되는 일상을 지켜내는 것을 보면 삶은 '사는' 게 아니라 '버티는' 건가 싶기도 하다. 나 역시 운동하던 시절, 오늘도 내일도 똑같은 훈련량을 소화하고 똑같은 스케줄로 하루하루를 보내야 하는 것이 힘들었다. 오늘은 어제와 같고 내일은 오늘과 같을 터였다. 그게 가끔 숨이 막혔다. 이렇게 쳇바퀴 같은 일상을 보내면서 '이 길이 맞을까?' '내가 제대로 가고 있는 걸까?' 하는 생각이 들 때면 다들 한 번쯤 떠올려봤을 법한 이야기가 있다.

"삶은 마라톤이다. 힘들더라도 끝까지 포기하지 않으면 언젠가 결승선에 다다를 수 있다."

그럴싸한 명언들은 당근이 되기도 하고 채찍이 되기도 한다. 나도 그랬다. 이 말을 들을 때마다 '그래, 결승선이 기다리고 있으니까, 조금만 더 버텨보자' 하면서 나를 다잡았다. 그런데 아무리 뛰어도 결승선은 나오지 않았다. 태릉선수촌처럼 결승선인가 싶은 곳을 만난 적도 있지만, 그곳엔 내가 멋지게 끊어야 할 테이프도 없었고 박수를 치면서 축하해주는 사람들도 없었다. 더 달리고 또 버텨야 할 일상만 이어졌다. 난 좀 삐딱한 사람이라 그런지, 금방 반문을 품었다.

"삶은 마라톤이라고? 그럼 내 삶만 러닝머신인 건가. 나는 아무리 뛰어도 제자리던데?"

절망적일 수도 있는 이야기지만, 어쩌면 인생은 모두 같은 레이스를 달리는 마라톤이 아니라 각자 주어진 러닝머신 위를 달리는 게임일 수도 있다.

그럼 아무리 달려도 제자리라는 이야기냐고?

그러니까 그렇게 애써봤자 소용없다고 놀리는 거냐고?

당연히, 아니다.

인생이 마라톤이라는 말은 우리에게 그저 참을 것만을 강요한다. 그러면서 중간에 포기하는 건 실패라고, 잠시 쉬면 뒤처진다고 다그쳤다. 결승선에 무엇이 있는지 알려주지도 않고 신기루 같은 결승선까지 꾸역꾸역 가게 만들었다. 반복되는 삶속에서 스스로를 자꾸만 채근하도록, 쉬지 말고 뛰라며 채찍질하도록 말이다.

하지만 인생이 각자의 러닝머신 위를 달리는 게임이라면 우리에겐 많은 선택지가 주어진다. 속도도 마음대로 조절할 수 있고, 뛸 거리도 스스로 정할 수 있다. 멈추고 싶을 땐 언제든 멈추고, 쉬고 싶을 땐 언제든 쉬어도 된다. 남들보다 빠른지 느린지 비교하며 신경쓸 필요도 없다. 반드시 도달해야 하는 결승선도 없다. 러닝머신 위에서는 누구나 내가 정한 속도대로, 내가 달리고 싶은 만큼만 달린다.

무엇보다 러닝머신 위에서는 매일 반복되는 삶, 앞으로 나아가지 못하는 자신에 대해 초조해할 필요가 없다. 마라톤에서는 결승선에 도달하지 못하는 것이 실패를 뜻하지만 러닝머신 위에는 결승선 자체가 없다. 이건 원래 제자리에서 뛰는 것이다. 나뿐 아니라 누구나 그렇다. 그 사실이 묘하게 안도감을 준다. 내 체력에 맞게 내가 원하는 때 쉼표를 찍을 수 있는 삶, 그게 바로 러닝머신 위의 삶이다. 제자리만 뛰는 것 같아 불안한 마음도 들겠지만 괜찮다. 당신의 계기판에는 당신이 뛴 시간과 거리가 계속 쌓여서 기록되고 있다.

## 묵묵한 응원

어디에서도 힘이 나올 것 같지 않은 의욕의 탈수 상태. 누구에게나 마른 북어마냥 의욕이 바싹 말라가는 순간이 찾아온다.

태릉선수촌 생활 초기, 나 역시 그런 순간과 마주했다. 무슨 일을 하든 그 일을 해낼 수 있는 능력도 중요하고 일을 끝까지 마무리할 수 있는 체력도 중요하지만, 가장 중요한 것은 그 일을 하고 싶은 의욕이다. 그러니 내 의욕과 의지가 바닥을 쳤던 그때는 한마디로 유도를 그만두기 딱 좋을 때였다. 가뜩이나 체력도 기술도 남보다 부족한데 의욕까지 사라지다니, 태릉선수촌에서는 죽으라는 이야기였다.

그러니까 그때 나는 죽기 일보직전이었다.

누군가 딱 한 명만 그만두라고 말해주면 옳다구나 싶어서 그만둘 것만 같았다.

이 길이 내 길이 아니라는 불편한 확신.

지금보다 더 늦어지면 영영 돌이킬 수 없겠다는 어두운 불안감.

나에게 남은 건 그렇게 초라한 마음뿐이었다.

내 소식을 들은 친척누나가 책을 몇 권 선물해주었다. 책을 찾아서 보는 편은 아니었지만 어렵지 않은 내용이라 틈틈이 읽었다. 책에서 큰 위안이나 동력을 얻은 건 아니었다. 그나마 달라진 것이 있다면 책을 통해 알게 된 타우린과 달팽이즙, 과일즙 등을 많이 시켜 먹었다는 것 정도다. 입에 그만두고 싶다는 말을 달고 살면서도 그렇게라도 하면 똑같이 선수촌 밥을 먹는 선수들보다 0.0001퍼센트라도 체력이 나아지지 않을까 하는 기대가 있었던 모양이다.

내가 건강식품을 사 먹었던 회사는 고객 관리가 철저해서 한두 달에 한 번쯤 주기적으로 전화를 걸어 제품을 권하곤 했다. 통상적인 마케팅이다. 나는 그 전화를 받으면 그때그때 필요한 것을 시키곤 했다. 일이 년쯤 지나자 담당자가 바뀌었다. 얼굴도 모르지만 새로운 담당자는 왠지 긍정적인 기운이 강한 사람이라는 생각이 들었다. 목소리에서부터 밝고 건강한 에너지가 넘쳐흘렀기 때문이다.

보통 그런 통화는 "잘 드시고 계세요? 신제품이 나왔는데 한번 드셔보세요"라며 제품에 관한 이야기만 하다 끊는 경우가 많다. 그런데 새로운 담당자는 주소지가 태릉선수촌인 것이 신기했는지, 조심스럽게 "혹시 국가대표세요?"라고 물어왔다. 내가 그렇다고 답하고 나서 자연스럽게 선수촌 생활에 대한 질문과 답변이 이어졌다.

그 뒤로는 제품 이야기보다 내 이야기가 주를 이뤘다. 나에 대해 전혀 모르는 사람이라 그런지, 가족에게도 하지 못했던 푸념부터 차마 입 밖으로 꺼내지 못했던 스스로에 대한 질책과 한탄까지 털어놓을 수 있었다. 그분은 태릉선수촌이 어떤 곳인지 세세하게 알지 못했고, 그곳에서 내 위치가 얼마나 위태로운지도 당연히 몰랐다. 그래서 나와 가까운 그 누구보다도 무조건적인 신뢰와 지지를 보내줄 수 있었던 것 같다.

"너무 걱정 말아요. 잘할 거예요."

아주 뻔한 응원이지만, 그때 나는 정말 잘할 수 있을지도 모른다는 희망을 다시 품게 되었다. 그분에게는 고객관리 차원의 위로였을지도 모른다. 하지만 내겐 바싹 마른 땅에 내린 단

비같이 달콤한 응원이었다. 그분이 들려준 응원보다 내가 그분에게 털어놓았던 솔직한 이야기들이 더 도움이 되었던 것도 같다. 이전까지 누구에게도 말하지 못하고 끙끙대던 응어리를 풀어내고 나자 한결 마음이 가벼워지고 힘이 생겼다. 그분과의 통화가 그 시절 내게 동아줄같이 느껴졌던 것만은 분명하다.

시간이 흐르고 올림픽에 나가게 되었다는 기쁜 소식을 그분에게 전할 수 있었다. 올림픽에서 동메달을 딴 후에는 그 회사의 사보(社報) 모델이 되어달라는 제안을 받기도 했다. 나는 흔쾌히 응했고 출연료로 받은 제품 다섯 박스를 그분께 드리는 것으로 작게나마 고마움을 전했다.


낯선 이에게 예상치 못한 응원을 받기도 했지만, 살면서 내게 가장 큰 힘이 되어준 사람들은 바로 가족이다. 나와 같은 운동선수들은 대개 가족이 함께 그 꿈을 꾸기 마련이다. 돈도 많이 들어가고 남들과는 조금 다른 일상을 보내야 하기 때문에 가족의 희생이 필연적으로 뒤따르곤 한다. 그렇게 한 사람의 꿈과 목표가 온 가족의 꿈과 목표가 되는 경우가 많다.

나 역시 그랬다. 어느 순간, 내 꿈은 더 이상 나만의 목표가 아니라 온 가족의 염원이 되어 있었고 내 경기 결과에 따라 집안 공기가 달라지곤 했다. 꿈의 무게는 점점 무거워졌고 성공해야만 하는 이유는 더욱 명확하고 절실해졌다. 그래서 가족이라는 따뜻한 이름이 가끔은 버거울 때도 있었다. 누군가의 응원을 받는다는 것은 고마운 일이고 가끔은 응원 덕분에 내 한계치를 초월한 힘을 내기도 한다. 하지만 응원의 시간이 길어지면 응원을 하는 사람도 받는 사람도 조금은 지치기 마련이다. 더욱이 응원에 보답하는 성장을 하지 못할 때는 도리어 응원이 나를 짓누르는 부담으로 다가오기도 한다. 나만 잘하면 모두가 행복할 수 있고 내가 잘해야 모두가 편안할 수 있는 상황. 결국 모든 것이 내게 달려 있다는 사실에 가끔은 숨이 막혔다.

"내가 잘되는 것만 빼곤 다 할 수 있을 것 같은데……."

차마 말로는 꺼내지 못한 마음을 꾹꾹 눌러 삼킬 때면 입에서 쓴맛이 진동했다.


부산에서 유도 형제로 유명했던 나와 준현이가 대학교에 입학한 뒤 전국구 선수들 사이에서 실력을 펼치지 못하고 있을 때였다. (다들 알다시피, 물론 나를 모르는 채로 이 책을 집어든 독자들은 전혀 알지 못하겠지만, 준현이는 어렸을 때부터 함께 유도를 해온 내 쌍둥이 동생이다.) 경기에 나갔다 하면 예선에서 탈락하는 바람에 제대로 경기 한 번 해보지 못하고, 다른 선수들의 경기를 무력하게 지켜봐야만 했던 그때, 패배만큼 힘들었던 것은 경기장에 응원 오신 부모님을 볼 면목이 없다는 것이었다.

경기에 지고 온 날 저녁이면 아무도 주지 않은 눈칫밥을 혼자 먹고는 체한 적도 한두 번이 아니었다. 누가 쌍둥이 아니랄까봐 준현이와 나는 컨디션이 안 좋으면 같이 안 좋고 회복되는 시기도 비슷했다. (눈칫밥을 나눠 먹는 동료가 집에 있다는 건 참 다행스러운 일이었다.)

한동안 저조한 컨디션과 그만큼 저조한 성적이 이어지던 와중에 또다시 경기에 나가야 되는 날이 찾아왔다. 그날도 역시 컨디션이 좋지 않았던 나와 준현이는 부모님께 이번 경기는 보러 오지 않으셨으면 좋겠다고 말했다. 어차피 이기지 못할 거라고, 아예 예선에서 탈락할 수도 있다고, 헛걸음만 하시는 거라고 말이다. 하지만 어머님은 웃으시며 말씀하셨다.

"너희가 잘하는 모습, 시상대 위에 서는 모습을 보러 가는 게 아니야. 유도하는 거 보러 가는 거지."

그 말에 우리는 꿀 먹은 벙어리가 되었다. 부모님은 늘 그랬다. 우리가 경기에 이겼을 때도 "잘했다"가 아니라 "수고했다"고 해주셨고, 졌을 때도 역시 "수고했다"라고 등을 토닥여주셨다. 그래서 우리는 "잘했다"는 말을 듣기 위해 어떻게든 이기려고 기를 쓰는 선수가 아니라 "수고했다"는 말을 듣기 위해 경기에 최선을 다하는 선수로 자랄 수 있었다. 내가 런던올림픽에서 금메달이 아닌 동메달을 목에 걸어 왔을 때도 부모님은 어깨를 두드리며 말씀해주셨다.

"준호야, 정말 수고했다."

내가 힘들거나 괴로울 때, 내가 싫고 미울 때, 아무것도 되는 일이 없어 스스로가 초라하게 느껴질 때 자신에게 "그래도 수고했다, 짜샤"라고 말해줄 수 있었던 것은 아주 오랜 시간 동안 부모님께 받아온 묵묵한 응원 덕분이었다.

# '왜 하필 나에게만……'

세계 3등은 완벽한 해피엔딩이었다고 쿨하게 이야기했지만 나 역시 처음부터 끝까지 초지일관 초연했던 것은 아니다. (나도 사람이니까!) 동메달 결정전을 치르고 인터뷰 장소로 향하는 동안 머릿속에 수많은 생각들이 지나갔다. 판정 번복에 대해 최대한 언급하지 않고 선수로서 내가 펼친 경기에 대해서만 이야기하고 싶었지만 기자들이 판정 번복 말고 무엇을 물어보겠는가.

왜 하필 나에게만 이런 일이 일어났을까?
왜 하필 첫 올림픽 출전에 안 좋은 일에 휘말린 걸까?

왜 하필 일본 선수와 맞붙은 경기에서 판정이 번복된 걸까?

이런 상황에선 어떻게 대처하라고 배운 적도 없는데…….

기자들의 질문이 쏟아지면 대체 뭐라고 답해야 하지?


"신이시여, 대체 왜 하필 제게 이런 시련을 주시나이까!"

이미 벌어진 상황 앞에서 '하필'이라는 단어가 나를 옥죄어 왔다. 신의 의도인지, 우연에 우연이 겹쳐진 것인지 모르겠지 만 올림픽 역사상 처음이었던 판정 번복은 수많은 경기들 중에 서 '하필' 내 경기에, 수많은 선수들 중에서 '하필' 나에게만 일 어난 일이었다. 모의고사처럼 예습할 수 있는 질문지도 없었고 미리 만들어진 오답노트도 없었다. 무슨 질문을 받을지는 알지 만 무슨 답을 해야 할지는 모르는 답답한 상황이었다.

인터뷰장에 들어가기 전, 잠깐 동안 8강전부터 동메달을 목 에 건 순간까지를 되짚어보았다. 정말 후회 없이 최선을 다한 것이 맞는지, 어떤 외압으로 인해 판정이 뒤바뀐 것이라고 확 신할 수밖에 없을 만큼 압도적으로 뛰어난 경기력을 펼쳤는지 생각해봤다.


후회 없이 최선을 다했나?

그렇다.

압도적으로 뛰어난 경기력을 펼쳤나?

…….

사실 경기 결과에 대해 많은 사람들이 잘못된 일이라고 분노했지만 정작 경기를 치른 나는 분노나 억울함이 손톱만큼도 없었다. 말 그대로 판정, 나와 똑같은 인간이 전체적인 경기 결과를 보고 판단해서 내리는 승패이기 때문에 결과를 번복했다고 해서 내가 이겼어야 하는 경기를 졌다고 말할 수는 없었다.

게다가 이전에 박태환 선수의 부당한 실격 처리가 없었다면 이만큼 모든 이목이 쏠리며 국민적 관심을 받을 만한 일이 아니었을지도 모른다. (사족을 덧붙이자면, 박태환 선수는 400미터 예선에서 출발할 때 상체를 조금 움직였다는 이유로 실격 처리되었다. 나중에 국제수영연맹에서 비디오판독을 통해 실격 처리를 취소했고 결국 결승전에서 은메달을 거머쥐었다.) 돌이켜보면 모든 상황이 그렇게 맞물려 돌아가고 있었고, 나는 그 소용돌이 안에서 무엇이든 선택해야 했고 견뎌야 했다. 몇 미터 되지 않는 복도를 걷는 동안 복잡했던 머릿속이 조금씩 정리되는 기분이었다.

'팡! 팡!'
"조준호 선수, 여기요. 여기 좀 봐주세요."

"지금 심경이 어떻습니까? 억울하시진 않나요?"

문을 열자 이곳저곳에서 연신 플래시가 터졌다. 8강전 결과에 대한 억울함을 내 입을 통해 듣기 위해 혈안이 되어 있는 기자들은 지속적으로 판정 번복에 대해 물었다. 하지만 나는 선수로서 최선을 다했고 경기 결과는 심판의 몫이기 때문에 결과에 승복한다고 대답했다. 이어진 질문들에도 동메달을 따서 기쁘다고 웃으며 대답했다. 내심 자극적인 대답을 원했던 기자들은 조금 실망한 눈치였다. 표정이라도 어두우면 그 찰나를 찍어 '판정 번복으로 침울한 표정의 조준호 선수'라는 제목이라도 내보낼 텐데, 나는 내내 밝은 표정으로 인터뷰에 임했다.

5분 남짓한 짧은 인터뷰를 하는 동안 문득 이런 생각이 들었다. 만약 판정 번복 없이 동메달을 땄더라면 이런 국민적 관심과 사랑을 받을 수 있었을까? (아마 그렇게 인터뷰할 일도 없었을 거다.) 금메달을 목에 건 수많은 유도 영웅들 사이에서 통쾌한 한판승도 없는 나라는 선수가 기억에 남았을까? 인터뷰장에 들어가기 전에 했던 생각들을 다시 곱씹었다.

이런 일이 하필 나에게 일어나서 다행이다.

처음이자 마지막이 될지도 모르는 올림픽 출전에 나라는 선수의 존재를 각인시킬 만한 일이 있어서 정말 다행이다.

하필 8강에서, 일본 선수와의 경기에서 심판이 판정을 번복해주어서 다행이다.

"신이시여! 이건 시련이 아니라 기회였군요!"

깨끗하게 경기 결과에 승복하는 내 모습을 보고 감사하게도 국민들은 더욱 열광해주셨다. 낯부끄럽지만 진정한 스포츠맨이라는 별명도 얻었다. 생전 꿈도 못 꿔본 과분한 관심을 받았고 올림픽 이후 금메달리스트보다 더 많은 방송 프로그램에 출연했다. 왜 하필 나에게만 이런 일이 벌어지느냐고 통탄했던 그 일이 나에게만 일어난 행운이 되어 삶의 역전승을 가져다주는 통쾌한 나날의 연속이었다.

삶이란 복잡해 보이지만 단순하다. 내 의지와 상관없이 일어나는 상황과, 내 의지로 일어나는 선택이 씨줄과 날실이 되어 삶을 지탱한다. 그렇기 때문에 살면서 내가 할 수 있는 일은 상황을 바꾸는 것이 아니라 상황이라는 씨줄에 선택이라는 날실을 엮는 것뿐이다. 신은 이겨낼 수 있는 시련만 준다고 하지 않았던가. 그리고 이겨낼 수 있는 시련은 언젠가 반드시 나에게 힘이 되어준다. 그러니 다가오는 시련 앞에, '하필 나에게만' 일어난 상황 앞에 콧방귀를 뀌어버리자! "흥!" 하고, 크게.

우리 앞에 놓인 이 길은 누군가에게는 잔디밭, 누군가에게는 자갈밭, 누군가에게는 또 가시밭길일 수도 있다. 가시밭길에 선 사람은 억울하다고 생각할지도 모른다. '내가 잔디밭에 있었다면 얼마나 좋았을까?' 하고 부러운 마음이 들 수도 있다. 하지만 그 자리에 주저앉지 않고 가시밭길이라도 묵묵히 걷다 보면, 잔디밭을 걷는 사람은 절대 가질 수 없는 것을 얻게 된다. 단단한 굳은살이 밴 발이 그것이다. 잔디밭만 걷던 사람은 가시밭길을 걷기 어렵지만, 가시밭길을 걷던 사람은 마침내 잔디밭을 만났을 때 훨훨 날아다닐 수 있다. 고단한 길 앞에 서 있다는 것은, 그만큼 나를 더 단단하게 다질 기회와 마주하고 있는 셈이라고 할까.

추신

이제 앞으로는 영영 꺼낼 일이 없을 것 같아 조금 덧붙이는 이야기다. 런던올림픽이 끝나고 2년 뒤, 내가 속해 있는 한국마사회 팀에 재일교포 선수가 들어오면서 그분의 어머니가 나와 경기했던 일본 선수 에비누마 마사시의 비하인드 스토리를 들려주셨다. 그는 시합장으로 출발하기 전 침대 위에 짐을 모두 싸고 유서까지 썼다고 한다. 진짜 목숨을 걸고 경기에 출전한 것이다.

어쩌면 나에겐 억울한 판정 번복이었을지 모르지만 그 선수에겐 기적 같은 승리였다. 그날의 경기 결과는 그에게도 나에게도 우리 삶에 꼭 일어나야만 했던 일이었으리라.

# 버리는 카드

내 인생에서 가장 유도를 못했던 시절, 한국 남자 유도는 최전성기를 맞이했다. 일고여덟 명의 선수가 국제대회에 출전하면 그중 메달을 목에 걸지 못하는 사람은 오직 나 하나뿐이었다. 누군가 메달을 따지 못하면 동료를 향한 안타까움보다는 노메달 동지가 생겼다는 생각에 다행이라는 마음이 들 정도였다.

'매일 같은 시간에 똑같은 훈련을 똑같은 강도로 하는데, 왜 결과는 매번 다른 것일까? 모두가 똑같이 살인적인 훈련을 소화하는데 왜 되는 놈이 있고 안 되는 놈이 있으며, 왜 하필 나만 안 되는 놈일까? 왜 하필 나만!'

도장 위에 서는 날마다 이런 물음이 머릿속을 떠나지 않았고 매 시합마다 내가 안 되는 이유를 어디선가 찾아야만 했다. 변명거리는 매번 달랐다. 첫 국제대회 때는 처음이라 경험도 없었고 워낙 정신없이 흘러가서인지 시합 내용도 잘 기억나지 않았다. 두 번째 국제대회에서는 비록 지긴 했지만 적응하는 과정이어서 그렇다고 생각했다. 세 번째 시합에서는 상대편 선수가 홈 어드밴티지를 받아 심판 판정에서 졌고 네 번째, 다섯 번째 시합에서는 계속되는 1회전 탈락으로 인한 과도한 긴장감과 평소에 하지 않던 작은 실수가 발목을 잡았다.

내겐 언제나 '질 만한, 질 수밖에 없는' 그럴싸한 이유가 존재했다. 스스로 비겁하다고 생각했지만 그런 핑계마저 없었다면 그 정글 같은 곳에서 무너지기 직전의 자존감을 지켜낼 방패막이 하나도 없었다. 당시 태릉선수촌에서 나는 국민이 내는 세금으로 공짜 밥을 먹으면서 밥값도 못 하는 선수였다. 그 누구도, 하물며 나조차도 나에게 어떤 기대감도 없는 절망적인 상황이었다.

한마디로 나는 '버리는 카드'였다.


어느 날은 최민호 선배에게 기술을 배우고 있는데, 당시 독설가로 유명했던 월드챔피언 황희태 선배가 지나가며, 혀를 끌끌 찼다.

"어차피 첫 판에서 질 녀석을 뭐하러 가르쳐줘?"

황희태 선배의 독설은 러시아 모스크바에서 열린 그랜드슬램 대회에서도 이어졌다. 공교롭게도 우리는 같은 방에 배정되었고 경기 결과는 역시나 참담했다. 선배는 1등이었고 나는 1회전 탈락이었다. 경기가 끝난 뒤 거나하게 축배를 들고 돌아온 선배가 내게 물었다.

"너 몇 살이야?"

"스물두 살입니다."

"너 이번이 국제대회 몇 번째야?"

"다섯 번째입니다."

"나는 유니버시아드 대회가 첫 국제대회였는데 그때 3등을 했어. 근데 너는 국제대회가 벌써 몇 번째인데 뭐하는 거야? 쪽 팔리지도 않냐?"

어디 하나 틀린 말이 없는 선배의 이야기에 아무런 대꾸도 하지 못한 채 고개만 숙이고 있었다. 그러면서도 내가 왜 이런 굴욕을 당하고 있어야 하는지 하늘이 원망스러웠다. 러시아에서 돌아오는 비행기 안에서도 너무 화가 나고 자존심이 상해서 잠을 이루지 못했다. (원래는 매트 위에서도 머리만 대면 곯아떨어지는데 말이다.) 얼마나 분했는지 중국 월나라의 구천처럼 와신상담(臥薪嘗膽)의 자세로 비행기 안에 있는 구토봉지에 그날의 기분을 적어놓기도 했다.

하지만 억울함이나 분노의 감정은 생각보다 오래가지 못했고 나를 변화시켜주지도 않았다. 마음속에는 여전히 '내가 잘못해서가 아니라 상황이 나를 뒷받침해주지 않아서'라는 전제가 깔려 있었고, 그 결과는? 더 나아진 실력이 아닌 '7연속 국제대회 1회전 탈락'이라는 부끄러운 기록이었다.

그러던 어느 날, 그날도 지옥 같은 훈련을 마치고 힘이 풀릴 대로 풀려버린 다리를 이끌고 숙소로 들어갔다. 훈련하는 내내 미친 듯이 가고 싶었던 선수촌 숙소 침대에 씻지도 못한 채 드러누웠다. 그리고 그날따라 낮게 느껴지는 천장을 바라보았다. 조용한 숙소 안에서 불도 켜지 않고 숨만 헐떡이고 있다 보니 문득 그런 생각이 들었다.

'내가 정말 올림픽에 나갈 수는 있을까?'

그리고 청승맞게 눈물이 주르륵 흘렀다. 실로 청승맞지만 정말 힘들어서, 그리고 아무에게도 말하진 않았지만 정말 자신이 없어서 울었다. 1회전에서 맥도 못 쓰고 떨어진 게 한두 번도 아니고 무려 일곱 번이었다. 연습한 시간과 비행기를 타고 날아간 시간이 아까울 정도로 짧은 찰나에 나는 늘 패배자가 되었다.

분명 어딘가로 달려가고 있는데 끝은 보이지 않았다. 누군가 이 터널 끝에 빛이 기다리고 있다고 이야기한 것 같은데, 나는 여전히 어둠 속이었다. 터널을 지나가고 있는 게 아니라 점점 동굴 속으로 들어가는 기분이랄까. 그리고 어쩌면, 정말 어쩌면 내가 그토록 가고 싶은 꿈의 무대는 정말 꿈에 불과할지도 모른다는 생각에 암담해졌다. 누구나 살면서 한 번쯤은 이럴 때가 있다고 위로하기엔 너무도 지쳐버렸다. 반딧불만 한 빛도 없는 칠흑 같은 어둠 속에 고립되었다는 생각에 두 다리가 굳는 것처럼 저릿한 밤이 매일같이 이어졌다.

그럴 때면 눈을 더 꼭 감았다 떴다. 눈알을 쥐어짠다는 생각으로 눈을 꾹 감았다 뜨면 캄캄한 암흑인 줄 알았던 곳이 점점 형체를 갖추어갔다. 주변은 여전히 어두웠지만 조금씩 어둠에 적응하다 보니 안 보였던 의자 손잡이가 희미하게 보이고, 발밑이 보이고, 굳은살이 잡힌 내 손도 보였다. 밝아질 기미가 보이지 않으니 스스로 조그마한 빛까지 끌어 모았던 것이다.

그때 깨달았다. 그것이 내가 지금 해야 하는 일이라는 걸. 시간이 지나도 상황이 전혀 나아지지 않을 수도 있다. 가도 가도 여전히 어두운 터널 안이고 나는 다음번에도 1회전에 패배하고 다시 이곳으로 돌아올 수도 있다. 하지만 그럴 때일수록 눈을 꾹 감았다가 뜨는 것, 내가 가진 모든 힘을 끌어모아서 버티는 것.

그게 내가 선수촌에서 살아갈 수 있는 유일한 방법이었다.

그 후로도 계속되는 1회전 탈락의 늪은 생각보다 깊었다. 내가 또 시합에서 지고 돌아온 어느 날, 애써 담담하게 "그래도 무언가를 배웠으니 거기에 의의를 두어야지"라고 말했더니, 준현이가 평소와 다르게 쓴소리를 했다.

"그만 좀 배워올 때도 되지 않았어? 이제 결과물을 들고 와야지."

머쓱해진 나는 "그래, 그게 맞는 말이네" 하고 동생의 어깨를 툭 때렸다. 그 말을 듣기 전까지만 해도 국제대회에 나가 경험을 쌓고 있다는 것만으로도 다행이라고 여기며 상황만 따라주면 언제든 남들만큼 할 수 있다는 나의 가능성을 믿고 있었다. 하지만 언제나 응원해주던 준현이의 입을 통해 그 얘기를 듣게 되자 그제야 조금씩 현실이 보이기 시작했다. 2007년 후반부터 2010년 후반까지 3년이라는 시간 동안 일곱 번의 국제대회 내내 1회전에서 탈락했다는 사실이 새삼스럽게 와 닿던 것이다.

그리고 결정타를 날린 건 당시 초등학교 5학년이던 막냇동생 준휘의 한마디였다. 준휘는 어려서부터 형들을 따라 유도장을 드나들며 유도를 배우기도 전인 초등학교 3학년 때부터 장래 희망을 '유도 국가대표'라고 쓸 정도로 나와 준현이를 롤모델로 생각하며 자라왔다. 나는 준휘의 꿈이자 미래나 마찬가지였다. 그런 준휘가 어느 날 어머니에게 이렇게 말했다고 한다.

"엄마, 형아는 한국에서는 잘하는데 왜 외국에만 나가면 첫판에 져?"

이 말을 뱉은 준휘도, 그리고 그 말을 전한 어머니도 큰 의미를 둔 것은 아니었다. 하지만 이 한마디는 그 어떤 말보다 더 큰 충격으로 다가왔다. 이것은 단순한 질문이 아니었다. 유도 국가대표가 꿈인 준휘의 눈에 비친 초라한 내 모습이었고 딱 국내에서만 먹히는 내 실력을 적나라하게 보여주는 성적표였다.

비록 밖에서는 '태릉선수촌에서 밥만 축내는 식충이', '어차피 첫판에 지고 들어오는 버리는 카드'였다 할지라도 집에서만큼은 언제나 가장 든든한 맏이이자 꿈이었던 내가 대체 어떻게 그 자리에 안주하고 있었던 걸까? 나는 국제대회에 출전하는 것만으로 만족하면서 상황을 탓하고 환경을 불평하며 패배의 원인을 외부에서만 찾았다. 그리고 지금 당장이 아니라 다음을 기약하며 스스로를 위로하고 있었다. 나약함과 안주가 거듭된 패배의 진짜 원인이었다. 비로소 나는 바깥이 아닌 내부에서 패배의 진짜 이유를 찾기 시작했다.

나의 부족함을 인정한다는 것은 결코 쉬운 일이 아니다. 어쩌면 경기에서 이기는 것보다 패배를 깨끗하게 인정하는 것이 더 어려운 일일지도 모른다. 날씨, 컨디션, 상대 선수, 심판의 판정, 감독의 역량, 가족과 동료, 관중의 야유, 하물며 도복까지 탓할 수 있는 외부 요인이 너무나 많기 때문이다. 하지만 지금까지의 패배가 내 노력과 연습량이 부족해서였음을 인정하자 억울하게 느껴졌던 외부 요인들이 전부 납득되기 시작했다.

　결국 준비가 완벽하지 않으니까 긴장되었던 것이고, 약한 부분을 철저히 보완하지 않았으니까 실수가 나왔던 것이며, 누구도 이의를 제기하지 못할 실력을 펼치지 못했으니까 판정에서 진 것이었다. 실력을 실수라고 치부해버리는 순간 실력은 더욱 도태되고, 노력보다 상황에 기대는 순간 상황에 더욱 휘둘릴 뿐이다. 외부에서 찾은 핑계와 변명은 나를 조금도 성장시켜주지 못한다. 오히려 성장을 방해하는 잡초와 같아서 제거하지 않으면 금세 나를 뒤덮어 자라지 못하게 만든다. 이제 핑계와 변명을 솎아내고 초라하게 남은 내 실력을 정면으로 바라볼 때였다.

　나는 내가 버리는 카드라는 뼈아픈 사실을 인정했고, 내가 버리는 카드가 된 이유가 그 무엇도 아닌 부족한 노력과 실력 때문이라는 진실도 받아들였다. 우리 삶에 약간의 실패가 필요한 이유는 실패만이 우리를 멈추게 하기 때문이다. 성공뿐인 삶 위에서는 멈추고 돌아볼 이유도, 다른 길을 생각해볼 여유도 없다. 하지만 실패라는 작은 돌부리에 걸리면 발밑을 살펴보게 되고, 또 주변을 둘러보게 된다. 미량의 향신료가 음식의 맛을 바꾸듯, 우리 인생에 약간의 실패는 필요하다.

# 필살기가 없는 게 필살기

대한민국에는 유난히 한판승의 사나이들이 많다.

아테네올림픽 73킬로그램급 금메달리스트 이원희부터
베이징올림픽 60킬로그램급 금메달리스트 최민호,
베이징올림픽 73킬로그램급 은메달리스트 왕기춘,
런던올림픽 81킬로그램 이하급 금메달리스트 김재범까지.

이들의 별명은 모두 '한판승의 사나이'다. 메달권의 성적을
내는 선수들과 한판승 사이에 어떤 인과관계라도 있는 걸까?
유도계에서는 이미 정설이 되어버린 통념이 있다. 국제대회

에서 우승하기 위해서는 결승까지 총 다섯 판 중에 두 판 정도는 한판승으로 끝내야 한다는 것이다. 이유는 단순하다. 한판승으로 경기를 일찍 끝내버릴 필살기가 있어야 결승까지 체력을 안배할 수 있기 때문이다. 역으로 생각하자면, 경기를 한 방에 마무리 지을 필살기가 없는 선수는 후반으로 갈수록 체력이 모자라기 때문에 금메달을 따기 어렵다는 이야기가 된다. 한판승이 금메달을 따기 위한 충분조건이 아니라 필요조건이라는 말은 자신만의 필살기를 찾지 못한 선수에게는 사형선고나 마찬가지다.

한판승과 금메달의 상관관계는 매우 방대한 데이터에 기초한 주장이다. 야구나 축구 같은 팀플레이에서 다음 경기에 대비하기 위해 에이스를 쉬게 해주는 것과 같은 원리로, 유도처럼 혼자 싸우는 경기에서는 스스로 체력을 비축하는 것이 매우 중요하다. 그래서 금메달이 유력한 선수들은 어떤 훈련보다도 한판승으로 이길 수 있는 필살기를 더욱 튼실하게 다지는 훈련을 많이 한다. 타자가 타율로 평가받듯, 유도선수는 한판승의 비율로 평가받곤 한다. 당연히 유도에는 한판으로 상대방을 제압하기 위해 고안된 기술이 많다. 빗당겨치기, 엎어치기, 안뒤축걸기 등 구사하는 모양새에 따라 이름도 다양하다. 선수들은 각자의 신체적 특성과 재능에 따라 자기만의 기술을 특화시키기 마련이다.

　　그런데 내게 필살기가 뭐냐고 물어본다면?
　　말문이 턱 막힌다.


　　모든 상황에서 먹히는 마스터키 같은 기술이 없는 나는 대부분의 경기를 유효나 절반으로 이겼다. 어려서부터 특별히 잘하는 기술 없이 근성으로 버텨온 나다. 그런 내가 유도를 잘하기 위해서 열심히 갈고닦은 기술이 하나 있는데, 바로 '배우는 기술'이다. 올림픽을 준비할 당시 함께 훈련했던 최민호 선배, 김재범 선배를 비롯해 왕기춘, 김원진, 안창림 등 선후배와 동료를 가리지 않고 모든 사람에게 배울 만한 것은 모두 배웠다. 기술이든 뭐든 좋아 보이는 게 있다면 '저걸 못 배우면 죽는다', '저거만 배우면 조준호의 유도라는 퍼즐의 한 피스를 채울 수 있다'는 생각으로 달려들었다.
　　사람들은 물어보는 일에 대해 막연한 두려움을 갖고 있다. 괜히 무시당할까 싶어서, 바쁜 사람을 귀찮게 하기 미안해서, 대단한 사람에게 다가가기 힘들어서 자신이 성장할 수 있는 기회를 쉽게 포기하고 만다. 하지만 오히려 그런 생각들 때문에 다가오는 사람이 별로 없어서인지, 내가 배움을 청했던 사람들은 누구 하나 싫어하거나 불편해하는 기색이 없었다. 이기적인 소인배가 아니고서야 엄지를 척 들어올리며 한 수 알려달라고 청하는데 누가 거절하겠는가? 이때 적당한 아부와 서글서글한 눈웃음은 기본이다.

역도선수에 버금가는 힘을 가진 최민호 선배는 내가 가장 귀찮게 굴었던 사람 중 한 명이다. 그는 정말 온 힘을 쏟아붓는 '운동벌레' 스타일이라 쉬는 시간에는 완전히 지쳐 있어서 후배들이 말을 걸기 어려워했다. 하지만 막상 조언을 구하면 신나게 이것저것 아낌없이 가르쳐주곤 했다. 선수들 사이에서 '장감독'이라고 불리던 장성호 선배는 제일 무서운 최고참이었지만 막내 기수였던 내가 겁도 없이 물어보면 놀랍도록 친절하게 답해줬다. 재범이 형은 쉬는 시간에 함께 장난치며 어울리다가도 뭔가를 물어보면 '각 잡고' 진지하게 알려줬다. (가끔 그 모습이 웃겨서 혼자 웃음을 참은 적도 있다. 형, 미안해요.) 내가 운이 좋은 건지, 넉살이 좋은 건지 모르겠지만 내가 만난 훌륭한 선수들은 모두 흔쾌히 자신의 것을 나눠주었다.

그런데 여기서 잠깐, 이 훈훈한(?) 이야기에는 함정이 하나 있다. 바로 그들 모두 누군가를 가르쳐본 적이 없는 사람들이라는 점이다. 내가 잘하는 것과 남을 잘하게 하는 것은 엄연히 다르다. 그 사람의 특기는 오직 그를 위해 디자인된 맞춤복이기 때문이다. 그래서 나는 그 사람의 기술을 배운 뒤에는 내게 맞춰 변형시켜보았다. 좋은 레시피에 나만의 손맛을 더했다고나 할까. 어떤 기술이든 호흡, 발 디딤, 손가락 마디마디의 움직임까지 보고 베낀 다음 완벽하게 내 것이 될 때까지 꼭꼭 씹어먹었다.

 "그렇게 노력했으니 당신도 한판으로 이길 기술이 생겼겠네요?"라고 묻는다면 조금 속상하게도 내 대답은 작아질 수밖에 없다. (변명처럼 들리지 않도록 과학적 근거와 경험적 데이터를 바탕으로 최선을 다해 설명해보겠다.)

 기본적으로 한판을 던지려면 기술의 정확도와 타이밍을 노리는 순발력이 중요하다. 그런데 그 이전에 근력이 상대방과 비슷하거나 상대방보다 강하다는 전제가 있어야 한다. 내가 국제무대에서 적응하기 힘들었던 가장 큰 이유 중 하나가 바로 서양 선수들과 확연한 근력의 차이였다. 어려서부터 기술보다 힘을 바탕으로 하는 유도를 해왔는데, 국제무대에서는 모든 선수가 나보다 근력이 좋다 보니 전세가 역전되었다. 지금껏 내가 해온 유도가 하나도 먹히지 않았다. 게다가 엄밀히 말해서 나는 폭발적인 근력이나 순발력보다는 근지구력으로 경기를 끌고 가는 스타일이었기 때문에 압도적으로 체력이 좋지 않은

한, 국제무대에서는 승산이 없었다.

나도 보는 사람들을 통쾌하게 만드는 한판승으로 쉽고 빠르게 이기고 싶었다. 그래서 여기저기에서 기술을 배웠다. 그리고 근력을 키우기 위해 웨이트 트레이닝도 같은 체급은 물론이고 한두 체급 위의 선수들보다 많이 했다. 하지만 그렇게 근력을 키워도 한판을 끌어내는 기술력으로 바로 직결되는 것은 아니었다. 남들이 가는 길, 누구나 원하는 것을 좇다가는 황새 좇는 뱁새 신세가 될 터였다. 내가 가지지 못한 것을 갖기 위해 시간을 쏟다가 내가 가진 것까지 잃어버릴 수도 있겠다는 두려움이 밀려왔다.

요리사의 기본이 칼질이라면 운동선수의 기본은 체력이다. 하지만 칼질을 잘한다고 모두 훌륭한 요리사가 되는 것은 아니듯, 체력이 좋다고 모두 훌륭한 운동선수가 되는 것은 아니다. 그런데 당연한 기본도 계속 발전시키면 최고의 무기가 될 수 있지 않을까? 칼질을 잘한다고 최고의 요리사가 될 수는 없을지라도 세계에서 최고로 칼질을 잘하는 사람이 될 수는 있지 않을까? 한판을 가져올 기술이 없어서 금메달을 따지는 못하더라도 '유도판에서 체력으로는 당해낼 재간이 없는 선수'로 기억된다면 그것만으로도 작지만 의미 있는 족적 하나는 남기는 일이 아닐까?

'매 경기마다 모든 체력을 쏟아서 지도 하나, 유효 하나라도 더 따내자. 일단 다음 라운드에 진출하자. 그렇게 하나씩 해치워보자.'

모든 경기를 상대 선수의 바짓가랑이를 붙들고 늘어지는 심정으로 경기에 임했다. 그러다 보니 내겐 매 라운드가 결승전이었다. 모든 경기를 결승전처럼 치른다는 것은 마치 다음 경기가 없는 것처럼 주어진 경기에 목숨을 거는 일이기 때문에 부상을 당하기도 쉽다. 하지만 오늘의 승리가 없으면 내일의 기회조차 박탈당하는 것 아닌가? 모두 '한판승'이 중요하다고 입을 모았지만 나는 '한 경기'가 더욱 소중했다.

꿀벌은 날개가 몸통에 비해 너무 작아서 과학적으로는 날 수 없는 구조를 가지고 태어났음에도 그 사실을 모른 채 열심히 날갯짓을 함으로써 결국 날아오른다고 한다. 나는 저 높은 하늘을 비상하는 새들 사이에 끼어 있는 작은 꿀벌 한 마리였다. 무모한 도전으로 과학을 뛰어넘은 꿀벌처럼 나도 스스로를 믿고 통념과 싸워보기로 했다.

한 가지 행운이었던 것은 태릉선수촌에서 만난 정훈 감독님과 장성호 코치님의 훈련법이었다. 두 분은 이전 대표팀보다 두세 배나 많은 엄청난 훈련량으로 무엇보다 체력을 키우는 데 주안점을 두었다. 훈련을 제대로만 소화한다면 전 세계에서 체력으로는 어느 누구에게도 뒤지지 않을 정도였다. 두 분이 가르치는 태릉선수촌 유도부는 가히 세계 최강의 꿀벌들을 만드는 양봉장이나 다름없었다. 체력을 키워야만 승산이 있는 나로서는 그보다 더 좋은 환경이 없었다. 가끔은 이러다 정말 죽는 것이 아닐까라는 생각이 들었지만 설마 죽을 때까지 훈련을 시키겠나 싶어 우선 해보기로 했다.

체력을 키우기 위한 노력들을 다 열거하면, 이 책은 유도선수를 위한 체력 기르기 바이블이 되어버릴 것이다. 그러니 자세한 것은 생략하자. 체력 향상에 좋을 듯한 일은 범법행위 말고는 모조리 다 했다고 보면 된다.

그 결과, 런던올림픽 전후로 나의 전성기를 회상해보면 당시 전 세계를 통틀어 내 체급에서 체력이 가장 좋은 선수는 의심의 여지없이 나였다. 내가 상대해야 하는 선수들은 다들 나보다 힘이 월등히 센 괴력의 소유자들이었고, 허를 찌르는 기술까지 가지고 있었다. 하지만 체력만은, 특히 근지구력만은 내가 한 수 위였다. 그들의 체력이 소진될 때까지 물고 늘어져 나와 같은 출발선으로 끌어내리고 나면 그때부터 비로소 내 경기는 시작되었다. 경기 초반에 한판으로 넘어가지만 않는다면 승산이 있었다. 절대 지치지 않는 체력, 끈질기게 물고 늘어지는 근지구력으로 나는 한 경기, 한 경기, 승리를 챙겼다.

'공격이 최선의 방어다'라는 스포츠 명언이 있다. 지극히 옳은 말임에도 실천하기 어려운 이유는 바로 체력의 한계 때문이다. 어떤 스포츠든 수비할 때보다 공격할 때 체력 소모가 크다. 그래서 공격에 대한 방어태세를 갖추고 있다가 상대가 틈을 보이는 타이밍을 노려 공격하는 것이 대부분의 경기 운용 방식이다. 하지만 나는 체력적 한계를 뛰어넘었기 때문에 방어태세 없이 '무조건 공격!'이었다. 상대가 틈을 노릴 시간을 아예 갖지 못하도록 끊임없이 공격하는 것이 나의 전략이었다.

7연속 1회전 탈락이라는 대기록(?)을 세운 이후 첫 국제대회 금메달을 목에 걸었던 2010년 이탈리아 월드컵유도대회에서도 나는 단 한 번도 한판승으로 이기지 못했고 2012년 런던올림픽 때도 마찬가지였다. 심지어 런던올림픽 때는 올림픽 역사상 가장 장시간의 유도 경기를 치른 선수로 꼽힐 정도였다. 나는 이 기록이 동메달보다도 자랑스럽다. '최장 시간 경기를 치러낸 선수'라는 타이틀은 내가 최선의 노력으로 지켜낸 모든 경기가 켜켜이 쌓여 만든, 나만의 유일무이한 기록이기 때문이다.

런던올림픽 당시 메달 유망주와 최고 루키가 누구냐는 질문에 정훈 감독님은 나를 꼽으셨다. 의외의 대답에 기자는 조준호 선수의 장점이 무엇이냐고 물었고 감독님께서는 이렇게 답하셨다.

"조준호 선수는 체력이 좋으나 기술적으로 뚜렷한 장점은 없다. 그렇다고 뚜렷한 단점도 없다. 이런 점은 상대팀이 전력을 분석할 때 오히려 장점이 된다. 체력이 좋고 배운 것이 많아서 구사하는 기술은 다양하지만 그렇다고 딱히 필살기는 없다. 그러니 상대팀은 무엇을 집중 방어해야 할지 고민하느라 머리가 아플 것이다. 유일한 장점은 방어가 좋아 잘 안 넘어간다는 것인데, 이걸 대비할 수는 없지 않나."

그렇다. 필살기가 없는 것, 그것이 나만의 필살기가 된 것이다.

# 스물여섯의 명예퇴직

스물여섯.

내가 유도 국가대표 자리를 내려놓은 나이다.

말하자면 자발적 명예퇴직이었다. 부상을 당해서도 아니었고 은퇴를 고려할 만큼 기량이 부족해서도 아니었으니까. 사람들이 명예퇴직을 두려워하고 정년이 하루라도 앞당겨지는 것을 걱정하는 이유는 아마도 '안정적인 환경을 박탈당하는 공포' 때문일 것이다. 오늘 출근한 회사에 내일도 출근할 수 있고, 지난달에 받은 월급을 이번 달에도 받을 수 있다는 것. 내가 갈곳, 나를 필요로 하는 곳이 적어도 한 군데는 있다는 안정감이 오늘도 '지옥철'을 타게 만들고 기약 없는 야근을 하게 만드는 것이리라. 그만큼 삶에서 안정감이란 아주 약효가 좋은 진통제로 작용한다. 그런데 나는 그 안정감을 스스로 걷어찼다.

스물여섯.

군대를 다녀온 내 또래의 남자들이 이제 막 대학교를 졸업할 나이였다.

늦었다고 하기엔 아직 새파란 청춘이지만, 그렇다고 또 뭔가를 새로 시작하기엔 이미 한참을 걸어온 나이. 내가 느끼는 스물여섯은 그랬다. 그리고 사람들은 스물여섯들에게 요구하고 있었다. 이제 더 이상 학생이 아니기 때문에 무언가를 배우는 건 끝이라고. 지금까지 갈고닦아온 실력을 발휘해야 할 때라고. 그래서 많은 청춘들은 스스로가 무엇을 하고 싶은지 고민해볼 겨를도 없이 '사회인' 딱지를 달고 취업 시장으로 내몰린다. 나 역시도 마찬가지였다. 은퇴한 전직 운동선수가 되고 나서 새로운 사회인으로 거듭나기 위해 부단히도 애를 써야 했다.

10대부터 오직 앞만 보고 뛰는 경주마 같은 시기를 보내며 많은 것을 이뤄왔다고 생각했는데, 사회에 뛰어들자니 또래에 비해 한없이 부족하고 헐거운 능력뿐이었다. 둘러보면 세상이 성공했다고 평하는 사람들은 어려서부터 그 분야에서 돋보였거나 이미 경력이 10년은 훌쩍 넘은 베테랑들이었다. 그러니까 어려서부터 유도를, 아니 유도만 했던 나는 유도선수로는 어느 정도 성공했을지 몰라도 유도판을 벗어나는 순간 아무것도 가진 게 없는 사람이 된다는 이야기였다.

그런데 왜 굳이 은퇴를?

일반적으로 회사에서 명예퇴직을 권고받으면 바로 거절하지 못하고 고민한다. 그 이유는 정년퇴직할 때보다 더 많은 퇴직금을 주기 때문이다. 하지만 나는 퇴직을 결심하기 전에 따낸 런던올림픽 동메달 연금 52만 원이 위로금의 전부였다. 그러니까 일찍 퇴직을 결심할 만큼 배부르지는 않았다. (혹여나 호강에 겨워서 복을 제 발로 걷어찼다고 오해할까봐 미리 깔아두는 밑밥이다.)

그럼에도 서른이 넘은 지금 명예퇴직을 택했던 스물여섯으로 다시 돌아갈 기회를 준다고 해도 여전히 같은 선택을 할 것이다. 그때는 여러 고민이 많았다. 어려서부터 한 우물만 파야 성공한다는 말을 귀에 인이 박이도록 들었지만 나는 아무리 우물을 파도 가까스로 목만 축일 수 있는 수준이었다. 아무리 파도 콸콸 샘물이 쏟아질 것 같지는 않았다. 지금까지 파온 게 아깝긴 하지만 평생 간신히 목만 축이며 살아갈 수는 없었다.

이제 어떻게 하지? 지금부터라도 다른 우물을 파야 하나?

너무 늦은 거 아닐까? 지금 내게 그럴 만한 시간이 충분한가?

혹시 다른 우물을 팠는데, 목을 축일 정도의 물도 안 나오면 어떻게 하지?

그러다 가까스로 파놓은 이 우물마저 말라버리면 큰일인데……

온갖 걱정들이 나를 덮쳤다. 주변에서도 걱정이 끊이지 않았다.

조금만 더 하면 되는데, 왜 지금 포기하려고 하니?

포기하려면 좀 더 일찍 했어야지, 이젠 너무 늦었어.

조금만 더 파면 샘물이 터질지도 모르잖아.

남들은 다 저만치 가 있는데, 이제 와서 새로 시작하면 절대 성공할 수 없을 거야.

결국 내 마음이 하는 이야기도, 주변에서 하는 말도 똑같았다. 지금까지 이뤄온 일들을 포기하고 새로운 도전에 나서는 것은 너무 큰 기회비용을 지불하는 모험이라는 것이다. 눈앞에 놓인 선택지는 조금만 더 해보거나, 혹시 모르니까 그나마 안

전해 보이는 길을 택하거나, 남들이 이미 가고 있는 증명된 길을 찾는 것뿐이었다.

"한번 우물을 팠으면 끝까지 파야지. 그게 성공하는 가장 빠른 지름길이야."

내가 유도를 그만두겠다고 했을 때 가장 많이 들었던 말이다. 성공하려면 포기해서는 안 되는 우물, 내가 지금껏 파온 노력의 산물. 지금껏 내가 이뤄온 모든 것이 발목을 붙잡았다. 하지만 결심은 흔들리지 않았다.

런던올림픽 동메달 결정전. 누구보다 최선을 다했기에 모든 경기를 즐기면서 최고의 기량을 펼칠 수 있었지만 내가 시상대에 올라 바라본 것은 '다음 올림픽 금메달'이 아니라 '나의 한계'였다. 지금보다 더 잘할 수 없다는 것을 누구보다 잘 알고 있었기에 그다음 경기들이 기대되는 것이 아니라 두려웠다. 꿈을 떠올리고도 더 이상 설레지 않는다면 멈추어야 하지 않을까. 사람들의 기대는 높아질 대로 높아졌지만 사실 나는 그날부터 선수 생활의 마지막을 준비하고 있었다. 팔꿈치 부상으로 병원에 입원해 있는 동안에도 재활훈련보다 휴식에 더 집중했다. 다시 달릴 준비가 아니라 멈출 준비를 해야 할 때였다.

명예퇴직. 이 단어가 더욱 불편하게 다가오는 또 다른 이유는 우리 마음속에서 정의내리기를 명예는 성공을, 퇴직은 실패를 의미하기 때문은 아닐까? 하지만 나는 은퇴라는 단어에 그어떤 첨가물도 더하지 않은 채 '직임에서 물러나거나 사회활동에서 손을 떼고 한가히 지냄'이라는 사전적 의미만 생각했다. 남들이 이야기하는 실패, 불안, 좌절, 끝과 같은 단어를 욱여넣지 않았다. 현재만 생각했고 현실만 생각했다. 은퇴는 꼿꼿이 지켜야 할 명예를 위해서도 아니고 새로운 시작에 대한 기대감 때문도 아니었다. 은퇴가 곧 실패가 아님을 알았기 때문에 가능했던 지극히 단순한 선택이었다.

모두가 포기하는 거라고 했을 때 나는 선택하는 것이라고 했다. 사람들이 스물여섯은 유도 인생을 포기하기엔 이르지만 새로운 일을 시작하기엔 늦은 나이라고 말할 때, 나는 속으로 다짐했다. 나에게 스물여섯은 더 이상 설레지 않는 꿈을 내려놓고 또 다른 꿈을 꾸기에 가장 좋은 때라고.

나는 이제 서른하나이지만 스물여섯일 때와 크게 다르지 않다. 그때는 유도 선수였고 지금은 유도장 관장이라는 것, 예전과 달리 가끔 방송에도 출연하고 선수 시절엔 쳐다보지도 않았던 인문학 책을 읽는다는 것 정도가 다르다. 그때나 지금이나 생긴 대로 산다. 중요한 건 나라는 자동차에 달린 엑셀인 성공도 적당히, 실패라는 브레이크도 적당히 밟아가며 나만의 속도로 앞으로 나아가는 것이다. 규정 속도와 교통신호만 지키면 남에게 피해 안 주고도 내 뜻대로 어디든 갈 수 있다.

인생에는 생각보다 길도 많고, 목적지도 다양하다. 모두에게 알맞은 때란 없다. 그러니 너무 빨리 포기하는 것 아닌가 걱정하지 말고, 너무 늦은 것 아닌가 두려워하지 않아도 된다. 어차피 꿈은 포기한다고 사라지는 것이 아니고, 오래 꾸어도 빛이 바래지 않는다. 언제나 지금이 우리가 꿈꾸기 가장 좋은 때다.

추신

많이들 물어서 하는 이야긴데, 〈나 혼자 산다〉에서 인문학 책을 읽는 모습은 결코 연출이 아니었다. 그때는 주변에서 어디 카메라라도 설치돼 있어서 그러는 거냐고 물어볼 정도로 책을 많이 읽었다. 특히 공자의 《논어》는 옆에 끼고 살았다. 삶에 필요한 성찰은 감사하게도 이미 과거에 철학자들이 다 해놨으니까, 우리는 따르기만 하면 된다. 얼마나 편하고 쉬운가! 내가 책을 읽었던 이유는 시간이 남아돌아서가 아니라 오히려 시간이 부족했기 때문이다. 충분히 사색하고 고민할 시간이 모자라서 공자의 사색과 고민에 기대었던 것이다. 그렇다. 나는 지금도 계속 배우고 있는 중이다. 역시 배우는 기술만은 나를 따를 자가 없다고나 할까.

71

# 아싸, 드디어 한계에 부딪혔다!

　개안(開眼), 살다 보면 눈이 열리며 새로운 세계가 찾아오는 순간이 분명 있다. 예상치도 못한 순간에 불현듯 눈이 번쩍 뜨인다. 나는 살면서 두 번, 개안을 겪었다.

　한 번은 유도를 배우고 얼마 되지 않아 처음 유도의 재미를 알아버린 경기에서였다. 두 손으로 사람을 들어 메칠 때의 희열, 상대방의 기술을 두 다리로 버텨낼 때의 집중하는 기분이 좋았다. 그때 유도에 눈이 뜨이지 않았더라면 유도선수의 길을 가지 않았을 텐데. (후회하는 건 절대 아니고, 그냥 그렇다는 이야기다.)

　두 번째 개안의 순간에 보인 것은 밝고 희망찬 미래가 아니라 나의 한계였다. 그리고 그 한계가 보인 곳은 내가 유도선수로서 오를 수 있었던 가장 높은 정점, 즉 런던올림픽 동메달 결정전이었다. 상대였던 스고이 우리아르테 선수는 분명 실력이 뛰어나긴 하지만 금메달을 노릴 만큼 강한 선수는 아니어서 대부분 8강 진출 정도를 점쳤다. 그런데 어느새 나와 반대편 진영에서 4강에 진출해 있었다. 누구보다 열심히 그의 4강전을 지켜보며 내심 그의 상대 선수를 응원했다. 하지만 지금까지 기세 좋게 경기를 이끌어오던 상대 선수가 그 앞에서는 맥없이 쓰러졌고 나는 운명의 동메달 결정전에서 절대 만나서는 안 되는 선수를 만나고야 말았다. (그가 왜 만나서는 안 되는 선수였는지는 앞에서 이야기했으니 생략하기로 하자. 두말하기엔 입이, 아니 팔이 아파서 그런 건 아니다.) 모든 것이 하루 만에 벌어진 일이었다. 8강전의 판정 번복에 더해 반갑지 않은 상대까지 만나게 되니, 누가 저주를 퍼붓고 있는 것만 같았다.

'넌 이번 올림픽에서는 절대 안 될 거야.'

시합이 시작되었다. 한쪽 인대가 끊어진 팔은 최대한 티가 나지 않게 하고 한 팔로만 경기를 했다. 그런데 갑자기 눈이 떠졌다. 이 경기를 이길 유일한 길이 보였다. 한 팔을 포기함과 동시에 양손을 모두 사용하는 정확한 기술도 포기하는 것이었다.

스고이 우리아르테 선수의 전술은 상대방의 패널티를 유도

하는 형태였다. 그는 복싱으로 치면 철저한 아웃복싱을 하는 메이웨더 같은 선수였다. 그는 팔다리가 길다는 장점을 가졌지만 근력이 받쳐주지 않아 한방을 던지는 기술이 부족했다. 그래서 한 팔만 쓰는 빠른 템포의 기술로 공격 횟수를 늘려 상대방의 패널티를 유도하곤 했다. 이전까지는 내가 양팔로 공격하다가 그 전략에 말려드는 바람에 지는 경우가 많았다. 두 팔로 완벽한 자세를 잡으려면 아무래도 시간이 걸리다 보니 공격 템포가 늦어져 방어 위주로 경기를 운용하다가 결국 지도를 받고 판정패를 하게 되는 것이다.

그런데 팔을 다쳐서 어쩔 수 없이 한 팔로만 경기를 하게 되니 오히려 내게 이득이 되었다. 나도 같이 공격 템포가 빨라졌고 같은 템포에서는 그보다 근력이 좋은 내가 유리했던 것이다. 아무래도 내가 체력이나 유도 이해도가 좀 더 좋다 보니, 공격 타이밍이 조금씩 더 빨랐다. 경기를 준비하는 내내 여러 전술을 연구하면서도 한 팔만 쓸 생각은 전혀 못 하다가 막상 한 팔밖에 쓸 수 없는 상황에서 시합을 시작하게 되자 그것이 가장 유효한 전략임을 깨닫게 되었다. 아무리 생각해봐도 상대가 그가 아니었다면, 그리고 내가 한 팔만 사용하지 않았더라면 절대 이길 수 없었던 기적 같은 승리였다.

승리로 기뻤지만 이 경기에서 나의 한계를 보았다. 두 번째 개안의 순간이었다. 더 정확히는 십수 년 동안 유도를 하는 내내 나를 괴롭혔던 매듭, 승리를 위해서는 무엇이 필요한가라는 매듭이 풀리는 순간이었다. 그제야 내가 최민호 선배처럼 한판을 던지지 못하는 이유를, 수많은 금메달리스트들에게는 있지만 내게는 없는 것이 무엇인지를 알았다. 이론이 부족한 것도, 노력이 부족한 것도 아니었다. 근력과 지구력, 스피드까지 유도에 필요한 모든 신체적 요건들이 금메달에는 딱 한 뼘 모자랐던 것이다. 내가 가진 모든 것을 내던진 그 순간에야 유도 경기의 맥이 보이기 시작했지만 문제는 내 신체적 한계도 동시에 보였다는 것이다. 내가 아무리 노력해도 닿을 수 없는 그 이상의 영역에 눈을 뜬 것이다.

그때 기분이 어땠냐고?
이제껏 헛짓거리를 했구나 하고 허망하지 않았냐고?
아니!
너무 행복해서 비실비실 웃음이 새어나왔다.

허탈을 넘어 해탈이랄까? 지금껏 왜 그렇게 안 되었는지, 드디어 알게 되어서 오히려 웃음이 나더라. 아무리 머리를 싸매도 이해가 가지 않았던 조언들, 아무리 해도 안 되어서 답답했던 순간들에 대한 해답을 얻었으니 당연히 기뻤다. 물론 그 해답이 '바로 너여서 안 됐던 거야'일 줄은 몰랐지만.

그리고 또 깨끗하게 포기할 명분을 얻었다는 사실에 행복했다. 어떤 일을 하다 보면 그 끝이 어디일까 궁금해하고 대략 언제가 끝일지를 짐작하지만 사실 그 끝을 정확히 알기란 쉽지 않다. 스스로 끝을 맺기는 더욱 어렵다. 뭔가 더 있을 것 같아서, 조금만 버티면 성공할 것 같아서, 아직 내가 얼만큼의 재능을 가졌는지 확실히 몰라서 쉽게 포기하지 못하는 것이다.

'혹시'라는 단어는 생각보다 오래 우리의 발목을 잡는다. 그런데 나는 예상보다 빨리 '혹시'에서 벗어났다. 운동선수로서의 내 한계를 직접 목격한 순간, 긴 터널 끝에 있는 빛을 마주한 기분이었다.

그래, 여기까지가 딱 내 수준이구나. 꾸준히 3등, 잘하면 2등인 선수. 컨디션이 아주아주 좋으면 가끔 1등을 노려볼 수도 있는 선수.

스물다섯 살에 얻은 올림픽 동메달은 내 힘으로 올라갈 수 있는 최고의 자리였다. 내가 할 수 있는 최선이었고, 내가 갈 수 있는 한계였다.

만약 내가 그때 한계를 보지 못하고 지금까지 유도를 하고 있었다면 정말 재미없었을 것이다. 선수라서 방송의 기회도 거의 없었을 거고, 도장을 운영하면서 어린 친구들을 만나는 일도 없었을 테니 교육에 대해 생각할 기회도 얻지 못했을 거고, 인문학도 접하지 못해 그저 그런 꼰대가 되어갔겠지.

그렇게 한 톨의 후회도 없게, 한 점의 미련도 없게 유도 인생을 아름답게 마칠 수 있었음에 나는 언제나 감사한다.

Part 2

# 그리고

# 파리도 찾지 않는 유도장

운동선수들에겐 세상이 저마다의 크기로 존재한다. 피겨선수들의 세상은 빙상만 하고, 육상선수들의 세상은 400미터 트랙만 하다. 유도선수들의 세상은 세 평 남짓한 유도장만 하다. 그곳은 아주 좁고, 또 외로운 공간이다. 그곳에 들어서면 믿을 건 오직 내 몸뚱이 하나뿐이다.

그래서일까. 나는 내가 밟고 있는 그 세상이 조금 더 넓어지면 좀 더 자유로워지고, 좀 더 여유로워지고, 어쨌든 좀 더 좋아질 줄 알았다. 어쩌면 남들보다 훨씬 빠른 나이에 은퇴를 택한 이유도 그것인지 모른다. 더 넓은 세상에서 살아보고 싶은 욕심, 세 평을 넘어보겠다는 의지가 태어나서 유도 말고는 아무것도 해본 적이 없는 나를 경기장 밖으로 이끌었다. 그래서 마침내 세 평을 벗어났을 때, 처음엔 설레었다. 그다음엔 두려웠다. 모든 것을 다 할 수 있을 것 같은 자신감이 아무것도 할 수 없을 것 같은 불안감으로 바뀌는 건, 정말이지 순식간이었다. '이번 판은 죽은 건가?' 싶은 아찔한 생각도 들었다. (은퇴를 무를 수도 없는 노릇인데 말이다.)

단 하루도 다음 날을 쉽사리 예측할 수 없었다. 설사 예측해도 매번 빗나가기 일쑤였다. 반짝했던 유명세 때문에 유명인의 통과의례(?)라는 사기도 당해보고 호기롭게 차린 유도장에는 파리 한 마리 날아들지 않았다. 대단한 사업수완이 있는 것도 아니면서 올림픽 메달리스트라는 타이틀만 믿고 판교에 위치한 건물 지하에 덜컥 유도장을 차린 것이 문제였다. 유도로 이름을 좀 날렸으니 유도장을 하면 사람들이 벌떼처럼 몰려올 거라고, 아니 그 정도는 아니더라도 입에 풀칠은 할 수 있을 거라는 예상은 '완벽한 착각'이었다. 어떻게든 굴러갈 줄 알았던 유도장은 8개월 내내 적자를 면치 못했다.

'옆 동네 왕기춘네 유도장은 벌써 2호점을 연다고 고사를 지내던데. 이게 금메달과 동메달의 차이인가? 삶이라는 게 다 그렇지.'

애써 담담한 척하려고 해도 잘되지 않았다. 나 혼자라면 이 것도 경험이지 하고 툴툴 털고 일어날 텐데, 나 외에도 함께하는 사범들이 있고 식솔이 생기자 전에 없던 조바심이 났다. 한산한 유도장에 하릴없이 매일 나가자니 고역도, 그런 고역이 없었다. 하루에 많으면 세 명, 적으면 한 명의 학생이 오다 보니 학생보다 선생이 많은 '우수한 교육 환경'이 조성되었다. 그때 우리 유도장을 다닌 사람들은 전 국가대표들의 일대일 특훈을 받는 행운(?)을 누렸다.

아무도 내게 무엇을 하라고 강요하지 않으니, 오히려 무엇을 해야 할지 막막했다. 운동선수 시절에는 언제나 내가 해야 할 일들이 정해져 있었다. '내일 뭐 하지?'라고 고민할 필요 없이 주어진 일정을 소화하기만 하면 되는 삶이었다.

아주 가끔 내가 스스로 박차고 나온 세 평짜리 세상이 그리 워지기도 했다. 그래도 그곳에는 '3분만 버티면 된다'는 분명한 끝이 있었는데. 아무리 강한 상대를 만나도 결국 우리 모두 가 진 것은 두 팔다리뿐이니까 어떻게든 해볼 만하다는 객기도 있었는데. 좀 좁고 외로웠어도 그곳에 서면 나도 모르게 호랑이 기운이 솟아나곤 했었는데. 훈련할 때는 그렇게 떠지지 않던 눈이 텅 빈 유도장 바닥에서 잠든 날엔 동이 트기도 전에 번뜩

떠졌다. 일찍 일어나봤자 할 일도 없는데 말이다. 그때만큼 하루가 길었던 때가 또 있을까 싶다.

물론 후회하지는 않았다. 유도를 그만두기로 마음먹은 것은 충동적인 결정이 아니었으니까. 딱 거기까지가 유도선수로서 내가 살아내야 할 삶임을 본능적으로 알았으니까. 다만 생각해봤다. 정해진 시간도, 정해진 공간도 없는 이 망망대해 같은 세상을 살아가기 위한 힌트를 내가 평생 살아온 세 평, 아니 정확히는 2.72평짜리 세상에서 얻을 수 있지 않을까? 그땐 그랬지 하고 추억하다 보면 지금도 그러지 말란 법은 없지 하고 박차고 일어날 용기를 얻을 수도 있지 않을까?

그렇게 생각하다 보니, 유도장을 열고 처음으로 '자격'이라는 것에 대해 깊게 고민하게 되었다. 유도를 하면서 국가대표 자격을 얻기 위해 노력했던 만큼 이 유도장을 운영할 자격을 갖추기 위해 노력했던가? 유도를 잘하고 싶어서 10년 넘도록 노력하고도 제일 잘하는 사람이 되지 못했는데, 별다른 준비 없이 도장을 차려놓고 유도를 가르쳐보겠다고 나선 스스로가 '얼척 없게' 느껴졌다.

'뭐가 이렇게 건방져'라는 생각에 절로 부끄러웠다. 철판이 꽤 두꺼운 편인데도 말이다. 유도장을 열고부터 머릿속에는 온통 '어떻게 하면 사람들을 많이 모을 수 있을까' 하는 고민만

맴돌았다. 여기저기 전단지를 붙였고 방송에서도 어떻게 유도장 이야기를 자연스럽게 끼워 넣을지에만 머리를 썼다. 정작 중요한 것은 놓친 채 말이다. 이대로라면 사람들이 몰려와도 문제였다. 전단지 돌리는 일을 멈췄다. 유도장 이야기도 묻지 않으면 먼저 꺼내지 않았다.

근본부터 다시 생각해보기로 했다. 왜 유도장을 차려야 하는가? 나는 사범으로서 자격이 충분한가? 내가 가장 잘 가르칠 수 있는 유도가 따로 있는가? 쉽게 답할 수 있는 문제가 아니었다. 또 혼자서 찾을 수 있는 답도 아니었다.

그래서 미국으로 갔다. 혼자서 해결할 수 없다면 다른 사람의 도움을 받자는 생각이었다. 유도 불모지에서 도장을 열어 낯선 운동을 가르치는 사람들을 만나 배우기 시작했다. 그때부터 아버지가 나와 준현이에게 유도를 가르칠 때 그러셨던 것처럼 배울 수 있는 곳이라면 어디든 달려가 누구든 만났다. 수없이 쏟아지는 조언 중에 좋은 건 새겨듣고 나쁜 건 흘려듣는 것도 일이었다. 도장 간판에 내 이름을 걸라는 말보다는 운동 프로그램을 보고 도장을 찾게 하라는 말이 오래 마음에 남았다. '조준호 유도장'이라는 낯간지러운 간판을 달지 않은 건 지금도 가장 잘한 일이라고 생각한다. 그 덕에 내실을 다져야겠다는 각오를 더욱 확고히 세울 수 있었다.

처음 유도장을 차리고 고전을 면치 못했던 이유는 배움이라는 나만의 강점을 잠시 잊었던 탓이리라. 다행히 곧 정신을 차리고 여러 유도장을 찾아다니며 배운 끝에 틀어진 방향을 바로잡는 데는 생각보다 오랜 시간이 걸리지 않았다. 유도장 수익이 바로 좋아진 것은 아니지만 나를 옭죄던 조급함은 사라졌다. 그때부터 천천히 내가 생각하는 유도장의 모습을 그리고 실현시켜갈 수 있었다.


돌이켜보면 호기롭게 은퇴하고 유도장을 차릴 때 나는 많이 조급했던 것 같다. 내가 은퇴한 운동선수 신분이 됐을 때 사람들이 보낸 동정과 걱정의 눈빛을 여전히 잊지 못한다. 안정적으로 지속해오던 일을 그만두는 것은 나의 소신 있는 선택이기 이전에 제 기능을 다해 재활용도 어려운 재료로 낙인찍히는 일이었다. 그 찝찝한 동정과 씁쓸한 걱정들은 나를 자꾸만 실패자로, 중간에 포기한 나약한 인간으로 만들었다. 그래서 뭔가 보여줘야 한다는 생각에 사로잡혀 스스로에게 '그리고'의 시간을 주지 못했다.

넘어진 다음, 우리는 무엇을 해야 할까? 그렇다. 일어나야 한다. 하지만 넘어지자마자 벌떡 일어설 수 있는 사람은 많지 않다. 잠깐은 창피함을 견뎌야 하고, 상처를 살펴야 하며, 가빠진 호흡을 골라야 한다. 그래야 잘 일어날 수 있다. 유도에서도 낙법을 친 다음에 벌떡 일어나지 않는다. 잠시 숨을 고른 다음 천천히 일어나 도복을 단정하게 정리한다. 그래서 '잘 넘어지는 일'과 '잘 일어서는 일' 사이에는 '그리고'가 필요하다.

'그리고'는 넘어서서 입은 상처와 통증을 찬찬히 바라볼 여유다. 왜 넘어졌는지에 대한, 다시 넘어지지 않으려면 어떻게 해야 할지에 대한 고민이다. 일어서서 무엇을 할지에 대한 계획이다.

어른이 된다는 것이 이런 걸까. 막연하게 될 거라고 믿었던 일이 잘되지 않을 때, 지름길을 찾는 대신 왔던 길을 되돌아가는 여유를 지니는 것. 어른이 된다는 건 나이를 먹는 게 아니라 책임을 지는 거라고, 짊어진 책임의 무게가 나의 다섯 곱절은 되는 우리 아버지가 말씀하셨다. 고작 하나의 책임을 짊어진 지금도 이렇게 어깨가 무거운데……. 새삼 이 세상 모든 어머니와 아버지가 존경스럽다.

# 2평짜리 집

태릉선수촌에서 퇴사한 후 나의 집은 유도장 한편에 있는 2평짜리 작은 공간이었다. 태어나 처음으로 마련한 나 혼자만의 공간이었다. 어렸을 때는 동생과 한 방을 써야 했고, 운동을 시작한 뒤로는 기숙사에서 여러 친구들과 함께 생활했으니까. 그래서 상가 건물 지하에 위치한 유도장 구석에 가벽을 대어 만든 남루한 공간이지만, 처음엔 무척 신이 났다. 하지만 기쁨은 오래가지 않았다. 난방도, 냉방도 전혀 되지 않아서 겨울엔 자다가 머리가 시려 깨야 했고, 여름엔 땀으로 목욕하기 일쑤였다. 밥을 해먹을 공간은 당연히 없어서 라면으로 끼니를 때우거나 근처 식당에서 식사를 해결했다. 한마디로 '집'이라고 부를 만한 공간은 아니었다.

이전까지 생활했던 태릉선수촌 기숙사는 선수가 최고의 컨디션을 유지할 수 있도록 여름엔 시원하고 겨울엔 따뜻했다. 또한 3분만 걸어가면 식당에서 패밀리레스토랑 급의 식사가 삼시세끼 제공되었다. 그때는 5대 영양소를 꽉꽉 채운 식단은 물론, 후식으로 과일까지 나오는 선수촌 밥이 질려서 몰래 밖에 나가서 사 먹을 때도 많았는데, 이제는 도장 앞 순댓국집과 백반집에서 매번 비슷한 메뉴로 끼니를 해결하다보니 선수촌 밥이 그렇게 그리울 수가 없었다.

그래도 살 방편을 마련하긴 했다. 추위는 전기장판으로 해결하고, 더위는 선풍기 바람에 의지해 버텼다. 하지만 생리적인 문제는 답이 없었다. 화장실을 도장 구석에 만들어놓았는데, 자다가 화장실까지 걸어가는 일이 그렇게 귀찮을 수가 없었다. 게다가 겨울에는 추위에 방광이 쪼그라들었는지 화장실을 더 자주 가고 싶어서 고역이었다. 난방 텐트와 전기장판을 벗어나는 순간 밀려들 엄청난 한기가 두려워서 화장실을 가는 일이 무섭기까지 했다. 내 모든 인내와 끈기, 자제력을 끌어모아서 참을 수 있을 때까지 최대한 참다가 방광이 터지기 일보직전이 되면 그때야 화장실로 달려가곤 했다. 옛날에는 냄새도

나고, 실수로 쏟기라도 하면 큰일인데 왜 방안에 요강을 두고 지내는지 이해되지 않았다. 그런데 도장에서 생활한 지 일주일 만에 요강의 쓸모를 절감했다. 실제로 요강을 하나 놓을까 심각하게 고민했는데, 통풍도 되지 않는 좁은 공간이라 마음을 접었다.

왜 그렇게까지 하면서 유도장에서 살았냐고? 집을 구할 돈이 없었던 거냐고? 글쎄, 왜일까. 3평짜리 유도장이 답답해서 뛰쳐나와 놓고, 그보다 더 좁은 2평짜리에서 생활했던 이유가 무엇이었을까.

돈이 없긴 했다. 가끔 좀 대책 없이 일을 저지르는 편이라 주변과 은행의 도움을 얻어 유도장을 차리고 나니 집을 구할 돈이 없었다. 하지만 그보다는 집을 구할 필요를 느끼지 못했다는 말이 더 맞을 것이다. 어차피 눈 뜨면 바로 도장으로 나와서 잠들기 전까지 도장을 지켜야 하기 때문에, 잠만 자는 집에 매달 월세를 내야 하는 게 너무 아까웠다. 운동선수로 살던 시절 내 집은 훈련소와 선수촌에 있는 기숙사였다. 그러다 보니 나에게 집은 그저 머리 대고 누울 수 있는 공간이 있고, 비바람만 잘 막아주면 그만이었다. 그 당시 나에게 수면은 휴식이라기보다는 훈련을 위한 체력 비축의 시간이었기 때문에 더 그랬는지도 모른다. 체력이 무기였기에, 어디서든 머리만 대면 잘 수 있도록 수면 훈련을 했을 정도니까.

하지만 그보다 더 큰 이유가 있다. 사실 밥을 먹기도, 화장실을 가기도 불편한 유도장 구석을 떠나지 않았던 가장 큰 이유는 나를 너무 잘 알기 때문이다. 나라는 사람은 배부르고 등이 따뜻하면 금세 게을러지는 천성을 가지고 태어났다. 태생적 귀차니스트라고 할 수 있겠다. 만약 유도장을 좀 더 작게 시작하고 남은 돈으로 그럴싸한 집을 구했다면, 나란 인간은 편안한 집에서 나오는 게 싫어서 아침 수업을 귀찮아하고 빨리 집에 가서 쉬고 싶어서 야간 수업을 싫어하는 날라리 코치가 되었을 것이 분명하다. 그래서 집을 구하는 대신 그 돈으로 유도장을 넓혔고, 유도장 한 구석 2평짜리 공간을 집으로 삼아 지냈다. 게을러질 수 있는 모든 요소를 일부러 차단한 셈이라고 할까. 그리고 나는 이 결정을 한 번도 후회한 적이 없다. (아, 자다가 일어나서 화장실 갈 때는 빼고. 그땐 잠결이라 그런지 화장실로 걸어가는 내내 후회를 한다. '아우, 내가 무슨 부귀영화를 누리겠다고 이런 고생을!') 덕분에 더욱 열심히 도장 운영과 원생 수련에 매진할 수 있었으니까 말이다.


어쩌면 스스로를 한계에 몰아붙이고, 고생을 자처한 것은 아버지의 오랜 교육 덕분인지도 모른다. 쉽게 게을러지고 나태해지는 내 성격을 일찌감치 아셨던 아버지는 어렸을 때부터 내가 조금만 게으름을 피우면 "가세가 기울었다. 너희가 유도를 잘하는 길 말고는 우리 가족이 먹고살 방도가 없다"는 말을 밥 먹듯이 하셨다. 맏이인 나는 그 말이 그렇게 부담스러울 수가 없었다. (사실, 이건 좀 억울한 감이 있다. 준현이와 나는 불과 몇 분 차이인데, 장남의 책임감은 언제나 오롯이 내 몫이니 말이다. 어쨌든.) 그래서 아버지가 집안 사정을 말씀하실 때마다 흐트러진 마음을 다잡고 훈련에 전념하곤 했다. 그런데 나중에 알고 보니 실상은 그렇게 가세가 기울 만큼 힘든 형편은 아니었다. 우리의 정신을 무장시키기 위해서 일부러 용돈도 모자라게 주시면서 살짝 과장해서 말씀하셨던 것이다. 지금 생각하면 좀 억울하기도 하고, 학창 시절 빌붙었던 친구들에게 미안하기도 하지만 아버지의 메소드 연기 덕분에 열심히 훈련에 매진했던 것만은 분명하다.

지금도 여전히 도장에서 지내냐고? 〈나 혼자 산다〉를 통해 유도장에서 먹고 자는 내 모습이 방송된 후, 용인대학교 유도 감독님께서 연락을 하셨다. 올림픽에서 메달까지 딴 놈이 추운 데서 뭐하는 거냐고 하시면서, 용인대 코치를 제안해주셨다. 덕분에 기숙사에서 지낼 수 있게 되었다. 그렇다. 여전히 나는 집을 구하지 않았다. 그래도 이젠 난방도 되는 곳에서 지내는걸!

# 행복의 조건

초등학교 때만 해도 취미로 유도를 배웠다. 당시 내가 다니던 도장의 관장님은 추운 겨울에도 창문을 활짝 열어놓고 훈련을 시켰다. 매서운 찬바람에 매트가 금세 시멘트 바닥처럼 딱딱해져서 넘어지면 정말 아팠다. 맷집을 키우겠다는 의도였는지 모르겠지만 어린 마음에 아픈 것이 너무 싫어서 넘어지지 않으려고 안간힘을 쓰곤 했다. 이기려는 승부욕보다 다치지 않으려는 생존력으로 버텼다고 할까? 그때 운동선수가 되기 위해서는 승부욕보다 생존력이 강해야 한다는 사실을 자연스럽게 배웠는지도 모른다.

5학년이 되었을 때 유도를 배운 지 6개월 만에 첫 시합에 출전하게 되었다. 잘하는 선수들은 모두 빠진 2진 대회였지만, 어쨌든 그 대회에서 1등을 했다. 처음 맛본 성취감에 흠뻑 취한 나는 이후 학교 계단을 오르내리며 전국 제패의 꿈을 키웠다. 당시 《슬램덩크》 같은 스포츠 만화에 한창 빠져 있던 나는 주인공 강백호처럼 까까머리를 하고 '전국 제패!'를 입버릇처럼 달고 지냈다. (지금 생각하면 그때의 내가 퍽 귀여웠던 것 같다. 고놈, 참!)

고등학교 1학년 말, 꿈이 이루어졌다. 당시 62~3킬로그램 정도 나가던 체중을 3킬로그램 정도 감량하고 60킬로그램급으로 출전했다. 체급을 낮추자 적수가 거의 없었다. 고등부 첫 전국대회 1등이었다. 학교에서는 플래카드까지 내걸었다. 사기 진작을 위해 선수들에게 매 끼니 삶은 달걀을 무한 지급하겠다는 다소 뜬금없는 공약도 내걸었다. 우리가 식품영양학을 아는 것도 아니고 그저 달걀흰자가 근육을 붙이는 데 좋다고 하니 와구와구 먹었던 기억이 난다.

전국대회 결과에 잔뜩 고무된 나는 동계훈련 때는 하루에 달걀을 60개까지 먹어치웠다. 결과는 '정직'했다. 신학기가 시작될 무렵 근육으로만 거의 6~8킬로그램이 붙어 있었다. 체중계에 올라가보니 몸무게가 70킬로그램에 육박했다. 그제야 '아,

근데 난 60킬로그램급에 나가야 하는데……'라는 생각이 들었다. 근육을 붙일 생각에 운동선수의 기본인 체중 조절은 까맣게 잊어버렸던 것이다. 체급을 높이기에는 신장이나 체력이 부족했다. 게다가 내가 체급을 바꾸면 60킬로그램급 선수 없이 단체전에 나가야 하는 상황이어서 마음대로 체급을 올릴 수도 없는 노릇이었다. 별수 있나. 이번엔 체중을 줄이기 위해 식단 조절에 돌입했다. 남들이 밥 먹는 시간의 두 배를 들여 천천히 음식을 먹었고 영양소가 파괴된다고 해서 소금은 금지되었다. 맹맹한 음식을 먹는 게 고역이었지만, 그래도 버텼다. 결국 체중은 다시 60킬로그램까지 떨어졌다.

하지만! 그럼에도 불구하고! 시합에서 연속으로 입상하지 못했다. 1학년 말에는 적수가 없는 1등이었는데 무리한 체중 감량으로 인해 실력도 함께 빠져나갔는지 평범 이하의 선수가 되어버린 것이다. 그 와중에 체중이 조금이라도 늘까봐 신경 쓰느라 운동에 전혀 집중하지 못했다. 살이 찌진 않았는지 체크하기 위해 티셔츠 안으로 손을 넣어 맨살을 만지는 버릇이 생길 정도였다. 유도선수가 아니라 다이어트 선수가 되어버린 기분이었다.


다이어트! 그놈의 다이어트!

다이어트는 운동선수들이 치를 떠는 단어다. 건강을 위한 체중 감량이 아니라 건강을 망치는 체중 감량인 경우가 많기 때문이다. 그걸 대회 때마다 반복한다. "다시 태어나도 유도할래?"라는 질문에 선뜻 대답이 나오지 않는 건 패배에 대한 두려움이나 시합 때의 중압감과 긴장감 때문이 아니라 체중 감량 때문이라고 말해도 무방할 정도로, 극한의 허기를 참는 일은 정말 상상 이상의 고통이다.

결국 코치님에게 체급을 올리겠다고 말했다. 돌아온 대답은 당연히 "안 돼"였다. 코치님은 체급별 머릿수도 맞지 않을 뿐 아니라 지금 체급에서 열심히 하면 올림픽에도 나갈 수 있는 훌륭한 선수가 될 거라고 만류했다. 하지만 이미 지칠 대로 지쳐버린 내게 그 말이 들릴 리 만무했다. 나는 유도를 하지 않겠다는 배수의 진까지 쳤다.

이유는 간단했다. 더 이상 유도가 행복하지 않았다. 이전에는 유도 시합에 나가는 일 자체가 즐거웠다면 체중 조절에 매진하면서부터는 시합에 나가도 '끝나면 뭘 먹지?' 하는 생각만 했다. 누구를 위한 시합인지 의문도 들었다. '학교 단체전의 머릿수를 채우기 위해 유도를 하는 것인가'라는 생각이 들자 유도라는 운동 자체에 환멸까지 느낄 것 같았다.

결국 우기고 우겨서 60킬로그램급에서 66킬로그램급으로 체급을 올렸다. 처음에는 같은 체급의 다른 선수들에 비해 신장도 딸리고 힘도 딸려서 성적이 잘 나오지 않았다. 하지만 부족한 게 있으니까, 나란 사람은 또 머리를 쓰더라. 그때부터 '유도 머리'를 쓰기 시작했다. 상대의 힘을 상쇄시킬 건지, 상대의 힘을 이용할 건지 등 상대와의 상황에 맞춰 전략을 짰다. 또 체급과 힘이 아니라 근지구력을 이용한 나만의 유도 기술을 만들기 시작했다. 다이어터에서 유도선수로 다시 돌아온 것이다. 2학년 말이 되자 전국대회에서 2등을 했고 3학년 때는 1등을 거머쥐면서 다시 페이스를 찾았다. 그렇게 나는 결국 행복하게 운동할 수 있는 길을 찾아냈고 그 길에서 소기의 성과도 거뒀다.

　내가 유도장을 차리고 여러 고민과 배움 끝에 '모두가 즐겁고 행복한 유도'를 지향하게 된 데는 과거의 경험도 한몫을 했다. 유도 자체가 즐겁고 행복해야만 유도를 잘할 수도 있다는 사실을 몸소 깨달았던 나는 아이들에게 경쟁이 아니라 함께하는 의미의 스포츠, 승패가 갈리는 경쟁이 아니라 다 함께 즐거운 유도를 가르쳐주고 싶었다. 거창하게 표현하자면 선수를 기르기 위한 도장이 아니라 인간을 키워내기 위한 도장을 꾸리고 싶었다.
　유도에서 넘긴 사람이 승자고 넘어간 사람이 패자라는 사실을 알고 나면 다 함께 즐겁기란 결코 쉬운 일이 아니다. 설사 승패선언을 하지 않는다고 해도 이미 승패의 구조를 알고 있으니 자연스럽게 한 사람은 패배감을, 한 사람은 성취감을 느낄 수밖에 없다. 하지만 유도의 룰을 익히기 전의 아이들이라면 이야기가 달라진다. 그 아이들에게 유도는 승부나 시합이 아니라 그저 놀이다. 누가 넘기고 누가 넘겨졌든 다 같이 재미있게 놀았으면 그만이다. 그래서 나는 아이들에게 유도의 기술이나 방법은 알려주지만 승패의 법칙은 알려주지 않는다. 두 명이 경기를 하면 두 명 모두 칭찬한다. 넘긴 아이에게는 "가르쳐준 기술을 제대로 익혔네? 방금 아주 멋있었어!"라고 칭찬하고 넘어간 아이에게는 "우와, 방금 아프지 않게 잘 넘어졌네. 낙법을 배우니까 넘어져도 괜찮지?"라고 칭찬한다.

누차 말했듯이 유도에서 가장 먼저 배우는 것은 넘기는 기술이 아니라 넘어지는 방법이다. 그러니 넘기는 기술을 잘 익힌 아이와 마찬가지로 넘어지는 방법을 제대로 배운 아이도 칭찬받아 마땅하다. 그렇게 유도를 배운 아이들은 '누군가는 지고 누군가는 이기는 게임이라면 내가 이겨야겠다'는 경쟁심이 아니라 '공평한 룰 안에서 각자의 역할을 하며 함께 어우러지는' 사회성을 기를 수 있다.

2017년 2월, UC버클리로 유도 세미나를 하러 가면서 미국에서는 어떻게 유도 도장을 운영하고 있는지 또 한 번 체계적으로 배울 기회가 있었다. 가장 인상적인 것은 '아이들을 어떻게 칭찬해야 하는지'였다. 10년째 아이들에게 운동을 가르치고 있는 마스터 한은 우리가 일반적으로 교육하기 힘들어하는 4~5세 아이들을 가르칠 때가 가장 재미있고 신난다고 했다. 그리고 그는 자신에게 5분만 주면 어떤 아이든 원하는 방향으로 교육할 수 있다고 자신했다.

'5분? 고작 5분만으로 어떻게?'

미심쩍어하는 내 표정을 눈치챘는지, 그가 웃으며 설명했다.

"교육 시간이 길어진다고 아이들을 잘 가르칠 수 있는 건 아닙니다. 물론 5분이 뭔가를 가르쳐주기엔 당연히 짧은 시간이죠. 중요한 건 그 5분 동안 아이가 가르침을 받아들일 수 있도록 '스위치'를 켜는 겁니다. 그리고 그 스위치를 켜는 가장 중요한 열쇠는 바로 칭찬입니다."

'에이, 칭찬은 고래도 춤추게 한다, 뭐, 이런 뻔한 이야기를 하려는 건가?'

뻔하디뻔한 이야기 같아 질문을 멈췄다. 그러자 마스터 한은 우리를 자신의 도장으로 데려갔다. 눈앞에서 그가 천방지축인 아이들을 가르치는 모습을 보면서 조금 전까지의 의심은 눈 녹

듯이 사라졌다.

그는 처음 만난 아이에게 이름을 묻는 동시에 칭찬을 시작했다. "정말 멋진 이름을 가졌구나!" 하고 하이파이브를 했다. 이어서 그가 가리킨 포인트에 아이가 쭈뼛쭈뼛 서자 "너처럼 잘 서는 아이는 처음이야! 또 누가 잘 서는지 볼까?"라며 주변의 아이들을 격려했다. 그러자 아이들은 너 나 할 것 없이 주어진 포인트에 서더니 초롱초롱한 눈으로 그를 쳐다보았다. 그곳에는 고성과 체벌이 전혀 없었고 오로지 칭찬만이 가득했다. 게다가 칭찬의 언어도 휘황찬란했다. 같은 동작을 해도 누군가에게는 "멋지다", 누군가에게는 "베스트", 누군가에게는 "굿잡"이라고 이야기했다.

"획일적인 칭찬은 오히려 독이 됩니다. 마음을 담지 않은 기계적인 칭찬은 아이들도 금방 눈치채니까요. 칭찬의 언어를 50개 정도는 마련해두는 게 좋습니다."

조금만 실수하면 꾸중을 듣고 남들과 다르게 하면 틀렸다고 손가락질받는 것이 아니라 자신이 해낸 일에 대해 그 나름의 칭찬을 들은 아이들은 실패에 대한 두려움보다 도전에 대한 자신감을 키울 수 있다. 그렇게 누구도 상처받거나 주눅들지 않고 각자 자신만의 유도를 하게 되는 것이다.

우리는 언제나 성공의 비밀을 알고 싶어한다. 그래서 자기계 발서를 읽고, 유튜브를 통해 유명인들의 강의를 보고, 성공했 다는 사람들을 만나 조언을 듣는다. 매체가 무엇이든 전달하는 메시지는 비슷비슷하다. 안 되면 되게 하고, 한눈팔지 말고 정 진해야 하며, 물러설 곳이 없도록 배수의 진을 쳐야만 성공에 도달할 수 있단다. 한 분야에서 전문가가 되려면 1만 시간을 투 자해야 하고 하루 18시간 몰입해야 한다는 천편일률적인 법칙 이 마치 진리처럼 받아들여지고 있다.

내가 은퇴를 고민할 때 모두가 입을 모아 말했던 "한 우물을 파야 성공한다". 글쎄, 분명 틀린 말은 아닌데도 가슴 한구석이 막막해지는 건 기분 탓일까? 사실은 기분 탓이 아니라 시대 탓 이다. 안타깝게도 어느새 시대가 변했다. 이제 우리 생체시계 보다 기술 발전의 주기가 곱절의 곱절로 빠른 시대가 되었다. 휴대전화 약정은 2년이지만 신기종은 일 년에 한 번씩 나온다. 무엇 하나 제대로 마스터하기도 전에 새로운 기술이 나와 옛 기술을 무용지물로 만든다. 1만 시간을 투자해서 전문가가 되 었더니 그 분야가 기계로 대체되는 일이 빈번하다. 앞으로 그 런 일이 더욱 흔하게 벌어질 것이다. 평생 직장을 찾는 것이 인 생의 목표였던 전 세대와 달리 이제 학교에 들어가는 아이들은 향후 열 번 정도 직업을 바꿀 거라고 한다. 그만큼 세상은 배우기 무섭게 바뀌어간다.

  이런 세상에서 한 우물만 파는 것만큼 위험한 모험은 없다. 극단적으로 말해, 한 우물만 파다보면 자기 무덤 파기 십상이다. 한 길을 우직하게 걸어가는 끈기만큼이나 이 길이 아니다 싶을 때 빨리 발을 뺄 수 있는 용기, 다른 일에 거침없이 도전하는 패기, 실패해도 훌훌 털고 일어나는 용기가 필요하다. 그럼 이제 어떻게 해야 하지? 한 우물만 파야 성공한다는 말이 옛말이 되어버린 세상에서 정답은 무엇일까?

  이제 모두에게 통하는 절대적인 성공학이란 존재하지 않는다. 그래서 각자의 삶을 스스로 결정하는 주관이 필요하다. 주관은 세상의 수많은 잣대들로부터 나를 지키기 위한 수단이자 이런 혼탁한 세상을 살아가기 위한 중요한 기준이 된다. 그리고 무엇보다 성공을 위해서가 아니라 행복을 위해서 가장 필요한 가치다. 사실 행복하지 않은 사람은 행복의 요소를 가지고 있지 않아서가 아니라 자신이 행복의 요소를 가지고 있다는 사실을 인지하지 못해서 불행한 경우가 더 많다. 자신이 정의 내린 행복의 조건과 요소들이 뚜렷하다면 우리는 누구나 행복을 손쉽게 쟁취할 수 있다.

앞서 이야기한 많은 순간 언제나 준현이와 함께였다. 딱딱하게 얼어 붙은 매트 바닥에 눈을 질끈 감고 넘어질 때도 내 옆에는 준현이가 있었고, 까까머리로 전국 재패를 외치던 때도 똑같이 까까머리를 한 준현이가 있었다. 미친 듯이 달걀을 먹을 때도 마찬가지였다. 준현이가 다섯 개를 먹으면 나는 열 개, 준현이가 열 개를 먹으면 나는 스무 개를 먹었다.

그리고 내가 체급을 올릴 때 준현이는 나 때문에 체급을 낮춰야 했다. 이제 생각해보면 나와 키도 몸무게도 팔다리의 길이도 똑같은 준현이가 66킬로그램급에서 60킬로그램급으로 체급을 낮췄다는 건 나도 그럴 수 있었다는 의미다. (역시 준현이는 나보다 의지가 강하다!) 돌이켜보면 나는 형이라는 이유로 힘든 일은 동생에게 많이 떠넘겼던 것 같다.

내 모든 이야기는 준현이가 없었다면 무엇 하나 내게 일어나지 않았을 일들이다. 그래서 남사스럽고 낯간지럽지만 책장이 조금 더 넘어가기 전에 녀석에게 묵혀두었던 30년치의 고마움을 전해야 할 것 같다.

준현아, 고맙다.

# 위대한 유산

똑같이 생긴 것도 모자라서, 가끔 취향이나 습관마저 비슷한 것을 발견하면 서로 소름끼쳐 한다. 나와 내 쌍둥이 동생의 이야기다.

생각해보면 참 신기하다. 같은 유전자를 받아 같은 날, 같은 시각에 고작 몇 분 차이로 태어났으니 외모가 똑같은 것이야 그렇다고 해도, 어떻게 둘 다 비슷한 체격과 운동 능력을 타고나서 유도선수가 되었을까. 각자 운동하는 습관도 다르고 먹는 양도 다른데, 어렸을 때부터 체격은 항상 비슷했다. 체력이나 근력도 비등비등하다. (준현이보다 더 부지런한 나는 그게 좀 억울할 때도 있다. 내가 더 열심히 먹고 더 많이 움직이는데!) 신체적인 조건뿐 아니라 좋아하는 음식이나 음악 취향도 크게 다르지 않다. (아, 다행히 이상형은 서로 완전히 반대다.)

가장 놀라운 건 둘 다 국가대표가 되었다는 사실이다. 아무리 쌍둥이라도 한 집안에서 두 명이 태릉선수촌에 들어가서 함께 국가대표가 되는 건 흔치 않은 일이다. 단순히 유전자의 힘으로는 설명할 수 없는 무언가가 있어야만 가능한 일인데, 그 비밀을 최근에야 알았다.

앞에서도 잠깐 말했듯이 아버지는 나와 준현이에게 유도를 가르칠 때, 배울 수 있는 곳이라면 어디든 달려갔고 누구든 만났다. 매번 방학이 되면 나와 준현이는 아버지를 따라 전국에 있는 유능한 코치들을 찾아 가곤 했다. 울산, 청주, 여수, 포항 등, 배우기 위해 전국을 누볐다고 해도 과언이 아니다.

유도대회가 끝나고 다른 친구들이 휴식을 취할 때 떠났던 우리만의 전지훈련. 솔직히 귀찮고 힘들었다. 한두 시간 훈련하자고 몇 시간을 이동하는 것도 피곤했지만, 먼 길을 떠나서 배우는 내용이 엄청난 기술이나 지금까지 알려지지 않은 비밀이 아니라서 더욱 기운이 빠졌다. 유명한 학교에 가서 훈련을 받으면 새로운 기술을 배우고 노하우를 전수받을 수 있을 거라고 기대했는데, 막상 가보면 훈련 방식이 크게 다르지 않은 경우가 많았다. 생각해보면 설사 그곳만의 훈련법이나 노하우가 있었다 해도 그 학교 학생들과 잠재적 라이벌인 우리에게 알려줬을 리 만무하다. 아버지도 그 사실을 모르지 않았을 텐데, 무슨 연유인지 우리가 부산을 떠나기 전까지 아버지는 '유도 유랑단' 생활을 멈추지 않으셨다. 고등학교 2학년 때부터는 유도하는 사람들의 명문인 용인대까지 전지훈련을 갔다. 대체 아버지는 어째서 이미 아는 이야기를 들으러 그 먼 길을 달려가곤 했던 걸까?

아주 오랫동안 해결되지 않았던 이 의문에 대한 답은, 유도장을 차리고 아이들에게 유도를 가르쳐주기 위해 여러 책들을 뒤져보던 중 우연히 찾게 되었다. 제목은 기억나지 않지만, 책 속에는 한 골프선수의 일화가 담겨 있었다. 그는 아버지의 권유로 유명한 코치에게 레슨을 받기 위해 1년을 넘게 기다렸다. 드디어 그 코치에게 레슨을 받았지만 딱히 특별한 게 없어 실망을 했다. 그는 아버지에게 유명하다고 해서 갔는데 별다른 점을 찾지 못했다고 말했고, 아버지는 웃으며 그건 나도 이미 알고 있었다고 답했다. 그리고 설명했다.

"너에게 필요한 건 특별한 노하우나 기술이 아니다. 가장 유명한 코치에게 배웠다는 자신감, 그 자체가 중요한 거지."

이 글을 읽고 무릎을 쳤다. 아버지가 왜 그토록 수고로운 길을 가셨는지 이제야 이해가 되었기 때문이다. 수도권에서 유도를 배우는 학생들이 경험하는 건 단순히 우수한 코치진이나 훌륭한 시설만이 아니다. 지방에 있는 아이들에겐 꿈이고 우상인 선수들이 손만 뻗으면 잡을 수 있는 곳에 있는 심리적 거리감이 가장 값진 경험이고, 커다란 차이다. 아버지는 우리에게 평소 마음속으로만 흠모하던 선수들의 모습을 눈앞에서 실제로 생생하게 보여주고 싶으셨던 것이다.

사실 꿈이라는 게 그렇다. 뚜렷한 실체가 없이 머릿속이나 마음속에만 존재하다 보니 이것을 과연 이룰 수 있는지 초조해지고, 가끔은 실현은 가능한지 불안한 의문이 솟구치기도 한다. 그래서 아버지는 꿈이 이루어진 실제 모습을 우리에게 보여주려고 하셨던 모양이다. 방학 때면 떠났던 전지훈련 외에도 평소 우리는 매일 아침저녁 아버지와 어머니가 미리 녹화해두신 올림픽 유도 경기를 보면서 식사하곤 했는데, 이 역시 꿈을 '현실'로 보여주고 싶었던 부모님의 깊은 뜻이었던 것을 이제야 알았다. 덕분에 우리는 꿈이란 '아직 이루어지지 않은, 하지만 꼭 이루어낼 현실'이라는 사실을 은연중에 배우고 믿을 수 있었다.

아무리 생각해도 생생하게 꿈꾸던 그 시간이 없었다면, 나와 준현이가 국가대표를 하는 일은 없었을 거라는 강한 확신이 든다. 부모님께서 우리에게 물려주신 가장 위대한 유산은 '생생하게 꿈꾸는 능력'이 아닐까. 우리는 꿈을 꿈으로 머물게 두지 않고, 현실로 만들 수 있도록 최선을 다할 수 있었다.

이 이야기를 이대로 마치자니 자칫 부모의 극성으로 비칠 수도 있을 것 같아서 짧은 이야기를 덧붙이려고 한다.

10여 년 전 골프를 시작하신 아버지는 골프를 친 지 10개월 만에 이븐(규정타수 범위 내에서 경기를 마치는 것)을 쳤다. 골프를 아는 사람이라면 이것이 아마추어로서 얼마나 대단한 기록인지 알 것이다. 당시 아버지의 하루를 쪼개 보자면 이렇다. 바쁜 틈에 짬을 내어 하루 3~5시간을 연습하는 것도 모자라, 일을 마치고 귀가한 후에는 항상 골프 채널을 틀어놓았다. 새벽에 잠에서 깨어 거실로 나가보면 항상 골프 채널을 틀어놓은 채 졸고 계시는 아버지를 볼 수 있었다. 꾸벅꾸벅 졸고 계시는 아버지의 손에는 늘 그립이 들려 있었다. 노력에는 왕도가 없고, 배움에는 끝이 없다는 걸 백 마디 말보다 행동으로 보여주신 것이다. 아버지는 새로운 꿈을 꾸기에는 다소 늦을 수 있는 나이에 골프라는 낯선 꿈에 도전하기를 주저하지 않았고, 생생하게 꿈꾸며 노력하면서 꿈을 현실로 만들어가고 계셨다.

# 아니, 왜 굳이 나랑 싸우래?

'나 자신과의 싸움'이라는 말을 참 좋아했다. 다른 사람이 아닌 '어제의 나'와 경쟁하는 것이야말로 진정한 승부라고 생각하던 때가 있었다. 그 믿음 하나로 근육이 찢어지기 직전까지 힘을 주고, 인대가 끊어지기 직전까지 늘어뜨리고, 정수리부터 엄지발가락까지 전부 땀에 젖도록 뛰었다. 그래야만 하루를 제대로 마무리했다는 기분이 들었다.

사실 스포츠 세계에서 '나 자신과의 싸움'은 지나친 경쟁의식으로 인해 금지 약물을 투여하거나 반칙을 하는 선수들에게 경종을 울리는 의미로 많이 사용된다. "스포츠는 옆 선수와의 경쟁이 아니라 나 자신과의 경쟁입니다." "나 자신과의 싸움에서 절대 지지 마세요." 지극히 옳은 말들이다. 그래서 모든 스포츠인들이 이 말을 가슴에 새기고는 언제나 나 자신과 끊임없이 경쟁하며 어제보다 한 발자국이라도 더 스스로를 한계에 몰아붙여야만 하는 삶을 살았다. 그것이 당연하다고 믿고 그것이 성공의 필수조건이라고 여겼다. 그런데 가끔 궁금했다. (그러고 보니 나는 참 궁금증이 많은 사람인가 보다.)

"왜 굳이 나 자신과 싸워야 해?"

그릇된 경쟁의식에 대한 경고인 것은 잘 알겠다. 하지만 그걸 오직 나 자신과의 싸움만으로 해결할 수 있는 것은 아니지 않을까. '나 자신과의 싸움'이란 명목 아래 스스로를 벼랑 끝에 세워놓고 매일 한계에 부딪힐 때마다 한 번쯤 머릿속에 떠올렸을 의문을 그 누구도 입 밖으로 꺼내지 않았다. 운동선수로 십수 년을 살면서 이런 질문을 던지는 사람은 본 적이 없다. 금기와도 같았던 질문이기 때문이다. 자신의 한계에 도전하는 사람들의 사기를 꺾는 말로, 나태하고 비겁한 말로 여겨졌기 때문이다. 그래서 의문이 들 때마다 자책했다.

"그럼 누구랑 싸우냐? 스포츠는 자신과의 경쟁이야! 네가 너를 이기는 게 스포츠야!"

그래서일까. 경기에 졌을 때보다 몸뚱이가 내 마음대로 되지 않을 때가 더 고통스러웠다. 그럴 때면 '왜 이것밖에 못 하나'고 모질게 스스로를 다그쳤다. 조금이라도 쉬고 싶어지면 '네가 그럼 그렇지' 하고 나무랐다. 열심히 하기 싫어서 나오는 변명이라고, 잘할 자신이 없어서 부리는 엄살이라고, 끊임없이 자신을 설득했다. 다른 사람들은 전부 자기만의 전쟁을 치르며 고군분투할 때 나만 쓸데없는 공상에 빠져 있는 것 같았다. 그렇다고 내가 노력을 안 하고 있었던 것도 아닌데 말이다. 이런 고민들을 입 밖으로 꺼낸 적은 없다. 나는 스포츠인이고 여기는 태릉선수촌이고……. 그렇다면 이곳에서 내가 해야 할 일은 나 자신과의 싸움, 그것뿐이었으니까.

그래서 더 외로웠는지도 모른다. 나만 이런 것 같아서 더 속상했던 것 같다. 타인과의 싸움엔 원망할 대상이라도 있지만 나 자신과의 싸움에는 오롯이 혼자서 모든 고통과 원망과 분노와 좌절을 받아내야만 했다. 이 싸움에서 내가 뛰어넘어야 할 상대는 그제의 나를 뛰어넘기 위해 혼신의 힘을 다한 어제의 나뿐. 나 자신과의 싸움이란 그런 거였다.

선의의 경쟁이 긍정적인 역할을 하듯, 나 자신과의 싸움도 스스로를 성장시키는 기폭제가 되는 것은 분명하다. 다만 나 자신과의 싸움에 도취된 사람은 행복하기 어렵다. 늘 어제보다 나은 내가 되어야 한다는 것은 극단적으로 보면 만족할 수 없다는 뜻이기도 하다. 실망은 자책으로 이어지고 자책은 자존감을 갉아먹기 마련이다. 우리는 주변에서 한 분야에 특출난 사람들이 지난한 승부에 매몰되어 진짜 기쁨과 행복을 잃어버리는 것을 수없이 목격한다. '행복한 천재'라는 말보다 '비운의 천재'라는 말이 익숙한 것은 그들이 자신과의 싸움이라는 뫼비우스의 띠에 갇혀버리는 경우가 많기 때문인지도 모른다.

나 자신과 싸우다 보면 남에게는 관대할지 몰라도 자신에게는 한없이 인색해지기 쉽다. 성공에는 가까워질 수 있겠지만 행복에는 멀어질 수밖에 없다. 성공과 행복이 같은 결승선에 있는 줄로만 알았는데, 알고 보니 행복은 출발선에 있었고 결승선에는 성공만 있었던 셈이라고 할까.

내가 이기려면 역설적으로 내가 져야만 하는 싸움.

나는 이제 나 자신과의 싸움이라는 말을 좋아하지 않는다. 노력하지 말고 한계에 부딪힐 생각 말고, 대충 살자는 이야기가 아니다. 그냥 한 번쯤은 스스로에게 질문을 던져보자는 제안이다. 우리가 너무 당연하게 받아들였던 것들에 대한 태클이 오히려 그것의 진짜 의미를 발견하도록 도와줄지도 모른다. 왜 해야 하는지를 알고 하는 것과 왜 해야 하는지도 모른 채 하는 것은 분명한 차이가 있다. 어쩌면 하고 안 하고의 문제보다 더 큰 차이 말이다. 우리 삶에는 행위가 만들어내는 것보다 동기가 만들어내는 일들이 훨씬 더 많다.

이미 말했다시피 나는 결국 나 자신과의 싸움에서 진 사람이다. 아무리 생각해도 내가 나를 이길 자신이 없어서 유도관에서 도망쳐 나왔다. 왜 굳이 나 자신과 싸워야 하는지 그 답을 끝내 찾지 못한 채로 말이다. 어쩌면 답이 없는 질문일 수도 있고, 답이 있지만 내가 못 찾은 걸 수도 있다. 하지만 더 이상 그 답이 내게 중요하지 않아졌을 때 나는 그 싸움을 멈출 수 있었다.

오늘 하루 치열하게 나 자신과 싸웠다면, 그리고 그 싸움에서 졌다면 당신이 해야 할 일은 어제의 나를 치켜세우고 오늘의 나를 위로하는 일이다.

어제의 나에게는 "어제 너 진짜 최선을 다했구나? 도저히 이길 수가 없다, 짜샤"라고 말한다.

그리고 오늘의 나에게는 "난 네가 최선을 다한 거 알아. 어제 개가 좀 너무했어, 그치?"라며 다독인다.

인정한다. 좀, 아니 많이 오글거린다. 하지만 자꾸 하다 보면 이것도 나름 적응된다.

나를 적으로 삼았던 26년을 청산하고 친구로 삼기로 한 지 4년이 지났다. 아직 좀 서먹서먹하지만, 그래도 가끔 술도 한잔 기울이고 전에 '나약한 소리 하고 자빠졌다'고 무시했던 속마음도 털어놓곤 한다. 가끔은 말이 안 통하기도 하고 내 맘이 내 맘 같지 않아서 답답할 때도 있다. 그럴 땐 나랑 닮은 준현이 뒤통수를 툭 때리면 좀 속이 풀린다. 나랑 닮은 쌍둥이가 있다는 건 여러 모로 유용한 일이다.

# 먹고사니즘

어느 날 스물일곱 살인 후배 녀석이 나에게 언제 은퇴했는지
물어왔다. 내가 스물여섯에 은퇴했다고 하니, 왜 그렇게 일찍
은퇴했냐며 놀라워했다. 은퇴할 때도 수없이 들었던 질문이라
답하기 어려운 일도 아니었는데, 그날따라 왠지 말이 잘 나오
지 않았다. 2013년에 은퇴하고 4년 정도가 흐른 지금, 4년 전
의 나와 같은 고민을 하고 있을 녀석에게 좀 더 현실적인 이야
기를 해줘야 할 것 같아서였다.

어떤 영역의 직업을 선택하든 대학생 때까지는 그래도 현실
보다는 이상의 크기가 조금 더 크게 자리하고 있다. 지나친 낙
관주의자가 아니더라도 대부분은 아직 오지 않은 미래에 대해

희망을 품기 마련이다.

하지만 진짜 사회인 딱지를 달고 나서부터는 이야기가 조금 달라진다. 운동선수도 실업팀에 들어가 연봉 계약을 하고 직업 선수가 되면 운동의 결이 달라진다. 이전까지 자아실현이라는 이상과 더불어 4년마다 불타는 애국심으로 운동을 했다면 실업팀에 들어가서는 자신이나 국가가 아니라 내가 속한 회사를 위해 경기를 뛰어야 한다. 일반적인 직장에 비유하자면 매일 소화해야 하는 훈련들은 결재 서류를 올리는 것과 같은 일이 되고 때마다 벌어지는 중요한 경기는 큰 프로젝트를 진행하는 것과 같은 일이 된다. 그때부터는 정말 '일'로서 운동을 하게 되는 것이다. 평생 직장도 아니라서 계약을 연장하기 위해 실적에 목을 매야 한다. 그렇게 해봤자 길어야 서른 중반까지 뛸 수 있다. 남들이 한창 일할 시기에 백수가 되는 셈이다. 올림픽 메달리스트가 아니라면 연금도 없어서 허허벌판에 맨몸으로 나와야 한다. 이게 운동선수의 먹고사니즘이다.

그럼 돈을 벌고 있을 때 미리 준비하면 되지 않겠냐고?

우리가 이름만 들어도 아는 선수들을 제외하곤 다들 입에 겨우 풀칠할 정도의 박봉이다. 돈을 모아서 재테크를 하거나 창업을 하는 건 언감생심이라는 이야기. 노후 준비는 나와는 다른 세상의 이야기이고 대부분은 '은퇴하면 코치나 해야지'라고 생각하곤 한다. 하지만 가르침에 대한 충분한 고민 없이 배운 게 운동뿐이라 코치를 하려는 선수들이 많아질수록 후배들은 제대로 된 교육자가 아니라 타성에 젖은 선배들에게 틀에 박힌 기술을 배워야 한다. 이처럼 내 삶의 방식을 택하는 먹고사니즘의 문제가 타인에게도 영향을 미친다는 걸 알고 나면 선택의 시간은 길어지기 마련이다.

안타깝게도 지금 우리는 물질적으로는 가장 풍요로워졌을지 모르지만 마음밭은 가장 척박한 시대를 살고 있다. 인류의 탄생 이래 가장 풍요로운 시대를 살고 있다고 하는데도 왜 나뿐 아니라 내 주변 사람들은 다들 매일같이 먹고사는 문제를 고민하는지 모르겠다. 어쩌면 "예전보다 살기 좋아졌다"는 말은 예전을 살았던 어른들의 이야기가 아닐까. 예전을 살아본 적이 없는 우리는 비교대상이 없어서 그런지, 지금이 가장 힘들고 불행하다.

과거에는 먹고사니즘이 생존의 문제였지만 지금은 자존의 문제다. 자존감이라는 단어만 들어도 왈칵 눈물이 쏟아질 것만 같은 21세기 감수성을 "옛날에는 말야"라며 여전히 과거에 살고 계신 어른들이 어찌 이해하겠나. 생존은 마실 물과 기초 영양소를 채울 만한 음식(맛이 있으면 좋겠지만 맛이 없어도 먹을 수만 있다면 생존에는 문제없다), 그리고 생존에 대한 위협으로부터 스스로를 지켜주는 최소한의 울타리만 있으면 해결된다. 하지만 자존의 문제는, 지구상에 존재하는 사람의 숫자만큼 다양한 원인과 결과를 가지고 있어서 뚜렷한 정답은 고사하고 대충이라도 들어맞는 방법 따위가 없다.

선택할 거리가 많아졌다는 건 그만큼 고민이 늘어났다는 의미다. 무언가를 선택할 때는 필연적으로 선택하지 못한 것이 존재하므로 우리는 본능적으로 기회비용을 따지게 된다. 돈이 있으면 성능만 따지면 되고, 돈이 없으면 가격만 따지면 되지만 우리는 '가성비'를 따져야 하는 복잡한 시대를 살고 있다. (이쯤 되면 머리가 지끈지끈 아파온다. '아이고, 골 아파.')

단순하게 생각해보자. 먹고사니즘에 대한 고민은 시시콜콜하게 점심 메뉴를 고를 때의 고민과 크게 다르지 않다. 먹고사니즘은 오늘 선택해야 할 점심 메뉴(한식이냐 중식이냐 양식이냐!)만큼이나 많은 삶의 방식 가운데 무엇을 취사선택할 것이냐의 문제다. 내 입맛대로 고르자니 눈치가 보이고, 그렇다고 남들과 똑같이 고르자니 영 내 입맛이 아니라서 종종 식사를 포기하기도 한다. 메뉴 선정에 실패할 바엔 차라리 안 먹는 게 마음이 편한 건 왜일까? 어른들 말처럼 배가 불러서 그런가?

그렇다고 하기엔 고작 삼각김밥 먹은 게 다인 걸.

　세상에는 아이러니한 일들이 참 많다. 가장 미워했던 사람의 모습을 나도 모르게 점점 닮아가는, 가장 부정하고 싶은 아이러니. 내 인생은 망했다고 바닥을 치는 순간, 다시 없을 기회가 찾아오는 뜻밖의 아이러니. 교묘하게 이득을 취하다가 자신이 만든 덫에 스스로 빠지는, 꼴좋은 아이러니. 어쩌면 아이러니는 세상의 균형을 맞추기 위한 신의 마지막 추(錘)가 아닐까. 대책 없어 보이는 선택이 때로는 가장 현명한 선택이 되기도 하고, 수십 번의 고민 끝에 내린 결론이 의미 없는 결과를 낳기도 한다. 복잡하고 아이러니한 세상에서는 단순한 선택이 정답일 수도 있다는 이야기다.


　다시 후배와의 대화로 돌아가 그날 나는 남들이 은퇴할 때보다 늦지도 빠르지도 않게 은퇴를 하고, 남들이 하는 것처럼 자신이 아는 만큼만 유도를 전하는 코치가 되려고 마음먹은 듯한 후배 녀석의 어깨를 툭 치면서 말했다.

　"언제 은퇴하느냐가 중요한 게 아니더라고. 그때도 선수촌의 점심 메뉴가 가장 궁금했고, 지금도 점심 메뉴를 고민하는 건 매한가지야. 조급해하지 말고 매일 점심 메뉴를 고민하듯 앞으로 뭐해 먹고살까를 생각해봐. 그러면 너도 답이 나올 거다."

"근데 남들처럼 그냥 코치 하고 살면 안 되나요? 전 선배님처럼 유명한 선수도 아니라서 방송국 근처에도 못 갈 것 같은데."

"코치 해도 되지, 인마. 근데 남들처럼 하면 안 되지. 너답게 해야지. 그게 중요한 거야."

알았는지 몰랐는지, 고개를 계속 끄덕이는 녀석에게 물었다.

"그래서 오늘 점심은 뭐 먹을래?"

# 짐볼 위에서 균형 잡기

2015년 〈우리동네 예체능〉을 처음 시작하게 됐을 때 나는 수입이 없는 상황이었다. 리우올림픽 여자유도 국가대표팀 코치로 발탁되어 태릉선수촌 생활을 시작한 지 3개월에 접어들 무렵이었지만 당시 어린 나이에 미혼인 내가 대표팀 코치로 들어가는 것을 탐탁지 않아 하는 시선이 많았던 터라 정식 승인이 나지 않았고, 따라서 월급도 나오지 않았다. 3개월째 무료로 봉사활동을 하다 보니 생활이 어려워 나날이 고민만 늘어가고 있었다.

그러다 유도협회를 통해 〈우리동네 예체능〉에서 유도 편을 촬영한다는 소식을 들었다. 당시 여자유도 대표팀 감독이었던 이원희 선수가 메인 코치로 투입된다고 했다. 이전에 운 좋게 방송을 몇 번 하면서 알게 된 사실은 어떻게든 촬영장에 얼굴을 비추면 출연료가 나오더라는 것. 돈이 궁했던 나는 유도를 가르치려면 먼저 시범을 보여줘야 하고, 그러려면 파트너가 필요하니까, 이원희 선수의 패대기용(?)으로 나를 출연시키면 어떻겠냐고 제안했다. 다행히 제작진도 유도 기술을 보여주려면 상대가 필요하다는 점에 동의하고는 첫 촬영에만 함께해달라고 요청했다. 대신 방송에는 5분도 안 나갈 수 있다고 했지만, 괜찮았다. 방송 분량으로 출연료를 주는 건 아니었으니까.

이원희 선수가 종이를 확 찢으며 화려하게 등장하는 것으로 촬영이 시작되었다. 나는 대련 상대였기 때문에 주어진 대본도 없이 입장할 차례를 기다리고 있었다. 촬영장에 있는 그 누구도, 하물며 나조차도 아무런 기대감이 없었다.

런던올림픽 동메달리스트로 소개받은 후 유도의 기본인 낙법에 대해 설명하게 되었다. (그래도 기왕 촬영하게 되었으니, 몇 마디는 주고받았던 것이다.) 문득 유도의 저변 확대를 위해 생각해뒀던 몇 가지 낙법이 떠올라 별 생각 없이 하이힐 낙법을 보여줬다. 하이힐 낙법은 옆으로 넘어지는 유도의 측방낙법을 활용한 것으로 여성분들이 높은 하이힐을 신고 길을 가다가 삐끗했을 경우 머리를 보호하고 부상을 줄여준다. 이걸 몸으로 표현하며 설명한 순간, 그야말로 모든 스태프가 크게 웃었다. 평소에 내가 좀 재미있다고 생각은 했었지만 이렇게까지 웃을 일인가 싶어 얼떨떨했다. 그래도 다들 웃었으니 출연료 값은 했다는 생각에 안도했고 점점 긴장도 풀려서 편하게 촬영에 임할 수 있었다. 어차피 다음 회부터는 다른 유도선수로 교체될 운명이니, 내 멋대로 해보자 하는 마음이기도 했다. 그러다 중간에 잠시 쉬는 시간, 제작진이 급하게 모여서 이야기를 나누더니 앞으로 남은 4회 분의 촬영에도 함께할 수 있겠느냐고 물었다. 4회 분의 출연료를 더 준다는데 거절할 이유가 없었다.

결과적으로 촬영은 4회 이상 이어졌다. 첫 방영 이후 반응이 좋아서 유도 편이 이례적으로 19회까지 늘어났기 때문이다. 특히 하이힐 낙법에 대한 반응이 좋았다. 유도에는 따라 하기 어려운 멋진 기술만 있는 것이 아니라 일상생활에 아주 유익한 낙법이 있다는 사실은 시청자에게 아주 큰 재미와 감동을 주었다. (자기자랑이 심한 거 아니냐고, 정색하지 마라. 농담이다.) 어쨌든 19회 내내 '조코치'로 참여하게 되었고, 마지막에는 동생 준현이는 물론 온 가족이 출연하게 되었다.

〈우리동네 예체능〉이 일으킨 나비효과 중에 가장 의외였던 것은 우리가 맡았던 여자유도 국가대표 선수들의 기량이 방송 이후 급격하게 좋아졌다는 사실이다. 매주 수요일마다 녹화를 하다 보니 방송 때문에 훈련에 지장이 생기는 것은 아니냐고 우려가 많았지만 대표팀의 성적은 오히려 더욱 좋아졌다.

왜 그럴까 하고 분석해본 결과, 올림픽을 앞두고 코치들이 TV에 나오면서 유도에 대한 관심도가 올라간 것이 사기 진작에 도움이 되었던 모양이다. 동시에 자신들도 경기에서 좋은 결과를 내서 올림픽에 나가고 메달리스트가 되어 방송에도 출연하고 싶다는 동기부여가 되었던 것 같다. 게다가 평소에는 무척 엄한 선생님이었던 나나 이원희 선수가 TV를 통해 친근한 모습을 보여준 덕분인지, 이후 선수들이 우리를 대할 때도 긴장이 풀리고 소통이 원활해졌다. 당연히 훈련도 훨씬 순조롭게 이루어졌다. 우리가 잘해서가 아니었다. 의도한 것은 더더욱 아니었다. 그저 상황이 그렇게 흘러갔을 뿐이다.

용돈벌이로 출연한 〈우리동네 예체능〉이 방송인이라는 제2의 꿈을 찾는 계기가 될지 누가 알았을까? 잠깐 얼굴만 비치려던 것이 수개월간의 방송 출연으로 이어지고 그해 KBS연예대상 베스트 팀워크상까지 받는 영예로 이어질지 누가 예측할 수 있었을까. 괜한 곳에 한눈판다고 손가락질받았던 일이 오히려 훈련에 도움이 될 줄 누가 알았겠는가.

나에게 일어나는 모든 일이 나의 어떠함으로 인해 생겨났다는 생각은 어쩌면 과도한 생색일지도 모른다. 그것이 나쁜 일이든 좋은 일이든, 나 혼자 만들어낸 일은 하나도 없다. 언젠가 손대는 일마다 꼬이고 바쁜 것에 비해 되는 일은 하나도 없어서 우울했던 밤, 신세 한탄을 들던 친구가 해준 말이 있다.

"나도 어디서 들은 말인데, 우리는 이미 살아감으로써 할 일을 다한 거래. 그러니 너무 잘하려고, 열심히 살려고 노력하지 않아도 괜찮아."

지금 내가 힘들고 괴로운 것은 열심히 살지 않아서거나 잘못해서가 아니라 그저 그런 시기를 지나고 있을 뿐인 거라고, 지금 내게 벌어진 모든 불행들이 내가 초래한 결과가 아니라 그저 삶의 과정 속에 놓인 어느 하루에 지나지 않는다고, 녀석은 말했다. 그리고 훗날 나에게 일어날지도 모르는 모든 행운도 내가 잘해서가 아니라고, 그 사실을 알면 좌절할 이유도 교만할 이유도 없을 거라고 했다. (자식, 위로해주다 말고 이런 말까지 한 걸 보면 내가 가끔 잘난 척도 좀 했나 보다.)


우리는 살면서 필연적으로 그런 하루를 맞이하게 된다. 내 의도대로 일이 되지 않고, 열심히 해도 자꾸 상황에 가로막히고…… 그렇게 내 열심이 수포로 돌아가 허무함을 맛보는 날,

그럴 때는 스스로에게 건네는 위로의 말이 필요하다.

지금 내가 힘들고 괴로운 것은 그저 그런 시기를 지나고 있어서 그런 거라고, 지금 내게 벌어진 모든 불행이 그저 삶의 과정 속에 놓인 어느 하루에 지나지 않는다고, 오늘은 그저 어느 하루일지 모른다고.

생각해보면 안정적인 삶은 나에게는 가장 거리가 먼 종류의 삶이었다. 십수 년을 운동선수로 살면서 나는 내일을 예측하지 않는 습관을 들여왔다. 아니, 예측하지 않는 것이 편했고 자연스럽고 당연했다는 말이 더 정확하겠다. 오늘 아무리 죽을힘을 다해 연습에 임한다고 한들, 내일의 경기 결과를 장담할 수는 없었다. 내가 아무리 잘해도 상대가 더 잘하면 질 수밖에 없기에 안심할 수도 안주할 수도 없는 삶이었다.

승리를 호언장담하던 전년도 챔피언이 치기 어린 막둥이 선수에게 한판 엎어치기를 당하는 역전의 순간을 수없이 목격했다. 나 역시 그런 역전의 순간을 숱하게 겪었다. 어떤 날은 승자의 자리에서, 어떤 날은 패자의 자리에서. 승자와 패자의 자리를 하루에도 몇 번씩 오가는 삶이 녹록할 리 없다. 패자의 감정을 알기에 승리의 순간에도 온전히 기뻐할 수가 없고, 승자의 감정을 알기에 패배의 순간에 나를 더욱 다그치게 된다. 어떤 삶이든 마찬가지일 것이다. 누군가에게는 가장 호쾌한 순간이 누군가에게는 가장 억울한 순간이 될 수 있다.

완성된 하루(승리)를 위해 그의 수십 배쯤 되는 미완성의 시간을 보내야 하는 운명 앞에 나는 일찌감치 '안정'이라는 단어를 지워버렸는지도 모르겠다. 운동선수에게 '안정'은 곧 '안주'를 뜻했고 '안주'는 곧 '패배'를 의미했다. 특히 나처럼 재능이 아니라 노력으로 그 자리를 지키고 있는 사람이라면 더더욱 그랬다. 동그란 짐볼 위에 서 있는 것처럼 내 마음속의 불안함과 내 상황의 불안정함으로 점철된 나날이었다.

정규직과 비정규직으로 양분화된 사회의 관점에서 보자면, 나는 늘 비정규직의 삶을 살아왔다. 확실히 정해진 것, 안정되게 보장된 것은 아무것도 없었다. 내일의 경기 결과를 알 수 없듯, 몇 주 뒤 나의 월급도, 몇 개월 뒤 나의 소속도, 몇 년 뒤 나의 사회적 위치도 전혀 가늠할 수 없었다. 은퇴 후 백수가 되었다가 도장을 차리고 간간이 방송을 하는 지금도 마찬가지다. 여전히 다음 달의 통장 잔고를 걱정해야 하고 강연과 방송이 들어오지 않는 달에는 불안함에 밤잠을 설친다. 용인대에서 코치로 일하고 있지만 이것도 계약직이다. (요즘은 알아보는 사람이 별로 없어서 사인하는 종이는 대부분 계약서인 것 같다.)

그렇다고 큰 불만이 있는 것은 아니다. 오히려 나는 지금의 삶을 꽤 열망해왔다. 원래 나는 발등에 불이 떨어져야만 움직이는 사람이다. 영화 〈아저씨〉를 보다가 "나는 오늘만 산다"라는 대사를 듣고 "그래, 사는 건 저런 거지!" 하고 조용한 영화관에서 무릎을 탁 쳤던 사람이 바로 나다. 선수 시절 체중을 감량할 때도 그랬다. 대부분의 선수들은 시합 한 달 전부터 체중조절에 들어가기 마련이다. 하지만 나는 시합 전날이면 체중이 알아서 빠져 있을 거라면서 딱히 걱정하지 않았다. 체중 조절에 신경을 쓰지 않은 것이 아니라 어차피 시합 당일까지는 어떻게든 체중이 맞춰져 있을 테니 괜히 스트레스를 받으면서까지 걱정하지 않았던 것이다. '나는 때가 되면 어차피 체중을 줄였을 테니까, 해냈을 거니까!'라는 생각으로 운동에만 집중하다 보면 어느새 체중이 맞춰져 있었다. 내일에 대한 걱정으로 오늘부터 스트레스를 받는 건 나에게 영 맞지 않는 일이었다.

은퇴한 이후에도 여전히 나는 오늘만 산다. 몇 달 뒤의 인생에 대한 청사진 없이 그저 하루하루를 살아가고 있다. 그래서 모두가 바라는 정규직의 삶, 꼬박꼬박 월급이 나오고 정년이 보장되는 삶이란 분명 평온하고 안정적이지만 나에게는 잘 맞지 않는 것 같다. 적어도 내겐 짐볼 위의 삶이 더 편하다. 불안정한 짐볼 위에서 균형을 잡는 일은 나에게 온전히 집중하는 것이기도 하다. 내가 불안을 해소하는 방법은 안정적인 삶이 아니었다. 오히려 그 불안한 상황에서 내가 할 수 있는 어떤 것을 찾아 몰입하는 것이었다. 나중에 돌이켜보면 모두가 금방이라도 고꾸라질 것 같다고 말하는 그 짐볼 위에서 십수 년을 버티고 또 버티고 있을 것이다.

# 딱 하루치의 삶

"파스 냄새를 좋아하는 여자를 만나야지."

내 오랜 이상형이다. 운동을 했다고 하면 건강하고 잔병치레도 적을 거라고 생각하겠지만 오히려 중한 병 빼고는 세상의 병이란 병은 온몸에 덕지덕지 붙이고 있는 기분이다. 디스크는 말할 것도 없고 성한 인대, 성한 근육, 성한 피부가 없는, 말 그대로 '걸어 다니는 종합병원'이 되어 영광의 상처를 달고 퇴역하는 것이 운동선수의 말년이다. 운동할 때는 미스트 뿌리듯 파스를 뿌리고 운동을 그만둔 지금은 마스크팩 붙이듯 파스를 붙이는 것이 내가 하는 유일한 몸 관리다. 운동선수를 업으로 삼은 사람들에게 운동은 몸을 건강하게 만드는 일이 아니라 온

몸에 있는 수분을 마른 걸레 짜듯 모두 짜내는 가혹한 행위라는 생각이 들곤 한다.

운동만 하다가 은퇴를 하고 나서는 몇 달 동안 숨쉬기 운동만 했다. 며칠은 몸이 이렇게 가뿐할 수가 없었다. 꼭 숲속에 있는 것처럼 숨이 남아돌았다. 한동안은 PC방에서 친구들이 하는 게임을 따라 했는데 쓸데없는 승부욕에 내리 아홉 시간을 컴퓨터 앞에 앉아 있기도 했다. 다른 것보다 가만히 앉아 있어도 된다는 게 좋아서 말이다. 그 몇 달은 다섯 살 이후로 쉬지 않았던 내 몸을 멈추고 처음으로 쉬는 시간이었다. 엉덩이에 좀이 쑤실 때쯤 나는 취미로 다시 운동을 시작했다.


유도처럼 실내에서 하는 스포츠는 영 당기지 않았다. 무조건 실외에서 하는 운동, 최대한 행동 반경이 큰 운동으로 고르다 보니 처음 접한 건 축구였다. 주변에 마침 조기축구에 나가던 친구가 있어 따라 나갔다. 유도를 잘해보겠다고 죽음의 인터벌 트레이닝을 육상부 다음으로 빨리 뛰었던 사람이 나다. 게다가 태릉선수촌에서 눈만 뜨면 운동장부터 달리던 게 몸에 익어서 그런지, 다들 아침이라 졸린 눈을 비비며 그라운드를 누빌 때 나 혼자 펄펄 날아다녔다. 실내운동인 유도를 했다고 하기엔 검게 그을린 피부였던 터라 나를 잘 모르는 사람들은 왕년에 축구 좀 했냐고 어깨를 툭 치기도 했다. (아뇨, 왕년에 유도 좀 했습니다.)

축구를 하면서 무엇보다 좋았던 건 공기에서 짠내가 나지 않는다는 것이었다. 태릉선수촌의 공기는 부산의 짠 바다냄새를 닮았다. 그래서 나는 태생적으로 소금기가 가득한 공기에서 치열함을 느낀다. 그 치열함이 자극이 될 때도 있지만 가끔은 짙은 부담이 되기도 한다. 다음으로 좋았던 건 경기 시간이 40분이라는 점이었다. 3분 안에 모든 걸 쏟아내지 않아도 된다는 것만으로도 자유로움을 느낄 수 있었다. 11명이 뛴다는 것도 좋았다. 오로지 나 혼자 승리감과 패배감을 느낄 때보다 승리감은 배가 되고 패배감은 반이 되더라. 신기하게 그냥 조기축구일 뿐인데도 이기면 거의 올림픽 메달을 딸 때만큼 기쁘더라. 특히 내가 골을 넣은 날에는 더.

일상에 적응하면서 기상시간이 늦어지고 체력이 일반인과 비등비등한 수준으로 감퇴할 때쯤, 우연한 기회에 골프를 배우게 되었다. 뭔가 사장님, 사모님들이 하는 스포츠 같고 정적인 운동 같아 해볼 일이 있을까 싶었는데, 생각보다 상당한 체력과 다리 힘을 요구하는 운동이었다. 처음 필드에 나간 것은 미국에 세미나를 갔을 때였다. 이렇게 넓고 탁 트인 곳에서 할 수 있는 운동이었다니! 게다가 미세먼지도 없는 청명한 하늘까지.

골프채를 들고 필드에 나갔을 때의 느낌은 생각했던 것과는 너무나 달랐다.

처음이 주는 생경한 느낌은 나를 설레게 만들기에 충분했다. 게다가 미국은 캐디가 따로 없고 각자 카트를 몰고 다닌다. 오비(골프에서 코스의 경계를 벗어난 장소를 일컫는 말)가 나면 카트라이더처럼 신나게 카트를 몰고 가서 공을 찾아온다. 공이 홀에 빨려 들어갈 때의 쾌감도 크지만 오비가 난 공을 찾으러 카트를 몰고 가는 것도 나름의 재미였다. 한국의 골프장에서는 정해진 길로만 가야 하고 캐디에게 부탁을 해야 하는 것이 오히려 불편할 때도 있었다.

내가 경험한 골프는 회색 콘크리트가 가득한 도시에서 벗어나 잠시라도 탁 트인 자연에서 힐링하고 스트레스를 푸는 운동이었는데, 한국에서는 내기 골프를 많이 쳐서 그런지 다들 죽기 살기로 덤비고 오비가 나면 머리를 쥐어뜯으며 스트레스를 받는 경우가 많아 적응하기가 쉽지 않았다. 다들 골프선수도 아니고 취미로 치면서 왜 그렇게 치열한 건지, 승부욕이 운동선수였던 나보다 더했지, 덜하지는 않았다. 그런데 웃긴 점은 사람들이 골프를 칠 때를 빼곤 전혀 승부욕이 없다는 것이다. 골프를 치면서 가장 많이 들은 말은 "운동선수치고 승부욕이 없네?"였다. 그럴 때면 내가 생각하는 골프라는 운동의 본

질부터 스포츠의 기원까지 설명하기보다는 그냥 간단하게 "제가요?" 하고 만다.

여름엔 가평에 가서 수상레저도 즐겼다. 웨이크보드와 파워스키를 배우면서 세상에 이렇게 신나는 운동이 있다는 것을 처음 알았다. 더위에 약한 터라 시원한 물속에서 운동을 즐기는 것이 좋았고 생각보다 내가 수상스포츠에 능숙해서 재밌었다. 모든 운동이 그렇듯 재능이 있을 때 가장 재밌다. 내가 유도를 배우면서 가장 즐거웠던 때도 약간의 재능을 가지고 유도를 처음 배울 때였다. 그 재능을 능력으로 갈고닦는 과정, 그러니까 운동이 취미가 아니라 업이 되는 순간부터 운동은 즐거움이 아니라 괴로움이 될 때가 더 많다.

취미가 운동이라는 것은 경쟁에서 벗어나 나 자신에게 크고 작은 성취감을 선물하는 것이다. 남녀노소 누구나 자신을 위해 취미로 운동 하나쯤은 배웠으면 좋겠다. 그게 유도라면 내가 잘 가르쳐줄 수 있다. (그래서 우리 유도장 전화번호가 뭐더라?)


별것 없는 시시한 이야기지만 요즘 사는 이야기를 한 김에 좀 더 해보려고 한다. 얼마 전 저녁 약속이 있어서 도산공원에 간 적이 있다. 골목골목 아기자기한 카페와 레스토랑이 즐비했다. 낯설기도 하고 신기하기도 해서 주변을 두리번거리며 걷는데, 독특한 풍경이 자주 눈에 들어왔다. 한 가게 앞에서 여러 사람들이 사진을 찍고 있었다. 그런데 다들 자신의 모습을 찍으면서 카메라를 의식하지 않는 척 다른 곳을 보고 있었다. 사진을 찍는 것이 영 낯간지러운 나로서는 존경스러울 만큼 자연스럽게 말이다.

그 모습이 나쁘게 보이진 않았다. 순간을 예쁘게 담는 건 좋은 일이니까. 다만 '저게 전부는 아니겠지? 저 사진을 찍기 위해 저곳에 갔거나, 혹은 저 사진만 찍고 돌아서지는 않겠지?' 하는 궁금증이 생겼다. 하지만 괜히 내가 방해하는 것 같아 이내 고개를 돌렸다. 약속시간이 많이 남아 거리를 몇 바퀴 돌았는데도 여전히 그 가게 앞은 서로의 사진을 찍어주는 사람들로 붐비고 있었다.

아마도 그 사진들은 각자의 SNS에 올라갈 것이다. 요즘 아주 많은 사람들이 SNS로 자신의 일상을 기록하고 공유한다. 왜 인간은 아무도 궁금해하지 않는데도 자신을 드러내고자 하는 '노출증'을 가지고 있는지, 또 반대로 알려주고 싶어하지 않는 부분까지 알고자 하는 '관음증'을 가지고 있는지, 나도 모른다. 어쨌든 다들 그렇게 살고 있다. 이제는 자신을 잘 드러내는 것이 무엇보다 중요한 재능이며, 타인을 궁금해하는 관음증이 시장의 큰 축이 되어버렸다. 유행이라기보다는 거부할 수 없는 숙명에 가깝다.

요즘 나도 SNS를 한다. 그런데 SNS에는 해시태그라는 기능이 있다. 해시태그는 기능적으로는 그 사진과 글이 검색될 키워드를 잡는 것이지만 더 단순화시키자면 그 사진을 요약하는 한 단어다. 그래서 어떤 사진을 올렸는지도 중요하지만 그 사진에 어떤 해시태그를 달았는지도 중요하다. 해시태그가 많은 설명을 담고 있기 때문이다. 사진 하나를 올리면서도 어떤 해시태그를 달지 고민하는데, 우리 인생에도 어떤 해시태그를 붙여야 할지 한 번쯤 생각해볼 일이다.

살다 보니 맛집만 돌아다녀서 #맛스타그램인지,
살다 보니 사랑만 주야장천해서 #럽스타그램인지,
아니면 돌아보니 일밖에 남지 않은 일스타그램 #출근 #헬요일 #워어얼화아아수우우목금퇼인지.

마지막에 돌이켜봤을 때 내 삶이 어떨지 미리 예측해보는 일은 지금 내 모습에 대한 각성제가 되기도 한다. 그래서 삶을 기록하는 일은 언제나 유용하고 SNS는 꽤 좋은 아카이브가 될 수도 있을 것 같다. 남에게 전시하기 위해서가 아니라 자신의 삶을 기록하기 위한 요즘 세대의 일기장 같은 것으로 말이다.

초등학생 때는 일기를 쓰지 않으면 다들 뭐라고 하지 않았나. 이제 어른이 되어서 매일 '사진 일기'를 쓰는 것을 유난스럽다 하지 말고 오히려 '참 잘했어요' 도장을 찍어줬으면 좋겠다.

오늘을 기록하는 일은 생각보다 쉬운 일이 아니고, 또 생각보다 하찮은 일이 아니다. 평소에 메모장은 빌린 돈을 갚으려고 계좌번호를 적을 때만 사용했는데, 요즘 내 메모장에는 꽤 그럴싸한 생각들이 일기처럼 기록되어 있다. 가끔 넘겨보면 '내가 이런 생각도 했다고?' 싶어서 혼자 으쓱할 때도 있다. (그리고 그 글들은 이 책에 훨씬 더 그럴싸하게 포장되어 적혀 있다.) 사진 한 장으로든, 짧은 글로든, 서툰 그림으로든, 아니면 하루를 요약하는 짧은 해시태그 하나로든 상관없다. 무엇으로든 오늘을 기록하다 보면 무심코 시간만 허비한 것 같은 날에는 좋은 가성비가, 지치고 힘든 날에는 위로가 되는 안정제가 되어줄 것이다.

어차피 매일매일 딱 하루치의 삶이 쌓여서 내가 되는 것이 아닌가. 오늘을 소중히 여기는 일은 그 자체로 나를 소중히 여기는 일이다. 누가 봐도 시간 낭비인 것 같은 일을 하고 있음에도 그 자체로 즐겁다면 그건 더 이상 시간 낭비가 아니다.


참, 도산공원에서 멋진 저녁을 먹었던 그날 밤, 사람들이 사진을 찍었던 가게 이름을 검색해보니 낮의 그 사람들이 보였다. 아까 봤던 사람들을 만나니 꽤 낯설지만 반가워서 그만 아는 척할 뻔했다. 그리고 그 사진에는 일기처럼 짧은 글과 함께 '#오늘의행복'이라는 해시태그가 달려 있었다. 그들은, 그리고 그 시간은 참 예쁘게도 기록되어 있었다. 잠이 오지 않는 밤, 이 뭉툭한 글을 쓴 것도 그들 덕분이다. 그들에게 고맙다는 말을 전하며 오늘 나의 해시태그는 #감사!

# 그냥, 생긴 대로 살겠습니다

사람들은 애매한 걸 싫어한다.

참 싫어한다.

얼마나 싫어하냐면,

애매한 대답, 애매한 결말, 애매한 관계 같은 건 차라리 없느니만 못하다고 말하는 사람도 있다.

사실 여기엔 명확한 근거가 있다. 확실하지 않은 결심은 혼란을 주고, 명확하지 않은 신호들은 관계에 분란을 조장하기 마련이다. 모호하고 불투명한 모든 것은 애써 감춰둔 우리의 불안을 건드린다. 최근 주위들은 지식 중에 제이미 홈스의《난센스》라는 책에 나온 '종결욕구'라는 게 생각난다. 좀 유식한

척을 해보자면, 종결욕구는 어떤 주제에 대한 확실한 대답, 즉 혼란과 모호성을 없애주는 답변을 원하는 욕구를 뜻하는 심리학 용어다. 쉽게 말해서 복잡하고 모호한 상황에 부딪혔을 때 이 상황을 빨리 끝내버리고자 하는 욕구, 되시겠다.

복잡하고 불확실한 상황에서 인간은 갈등을 최소화하기 위해 극단적인 선택을 한다고 한다. 어떻게 해결해야 할지 모르는 난관에 부딪혔을 때는 해결 대신 도망을 택한다든지, 연인과 오해가 쌓이고 갈등이 깊어졌을 때는 헤어져버린다든지 하는 극단적인 선택 말이다. 불신은 더 강한 불신으로, 신뢰는 더 강한 신뢰로 키워서 모호함을 없애기도 한다. 실제로 일본에서 지진이 난 후에 결혼한 사람의 숫자와 이혼한 사람의 숫자가 동시에 세 배나 증가했다고 한다. 자연재해라는 불안 요소에 자극받아 연애를 종결짓는 결혼과 결혼을 종결짓는 이혼을 선택한 것이다. 인간은 이성으로 본능을 누르는 듯하지만 정작 중요한 결정은 늘 본능과 욕구를 충실하게 따르고 있는 셈이다.


왜 이렇게 머리 아픈 이야기로 시작했느냐 하면(잘난 척하기 위해서는 아니다. 해봤자 먹히지 않는다는 사실도 잘 알고!) 어쩌면 가장 잔인한 애매함인 '애매한 재능'에 대해서 말하고 싶어서다. '애매한 재능이 잔인한 이유'라는 트윗이 화제가 된 적이 있다. 애매한 재능을 가진 사람은 포기하지도 못하면서 성공하기도 어렵기에 애매한 재능이 잔인하다는 내용이었다. 좀 더 설명하자면 이렇다.

애매한 재능을 가진 사람들은 어쨌든 재능이 있으니 이를 살리려고 열심히 한다. 하지만 아무리 노력해도 확실한 재능을 가진 사람들에겐 미치지 못한다. 그럼에도 자신이 할 수 있는 일 중에는 가장 잘할 수 있는 일이 그것이라 포기하지도 못하고 시간을 보낸다. 그 분야에 대해 잘 모르는 주변 사람들은 잘한다고, 대단하다고 치켜세우지만 사실 그 세계에선 그럭저럭인 수준을 벗어나지 못한다.

'못하면 포기라도 할 텐데.'

애매한 재능의 소유자로서 둘째가라면 서러울 사람이 있다. 바로 나다. 어렸을 때는 지방에서 이름을 좀 날렸지만 용인대에 입학하면서부터는 사정이 달라졌다. 난다 긴다 하는 선수들 사이에서 전혀 두각을 나타내지 못했고 그저 머릿수 채우기용 선수에 불과했다. 신체 조건이 좋은 편도 아니었고 한판승을 가져올 비장의 기술이 있는 것도 아니었다. 그렇다고 든든한 백이 있거나 출신 성분이 남다르지도 못했다. 흙수저도 아니고 그렇다고 금수저는 당연히 아니고 동수저 정도를 물고 태어났다. (어쩌면 동메달은 동수저인 내게 운명과 같은 것이었는지도 모르겠다.) 애매한 재능도 모자라 조건과 환경도 애매했다고 할까.

처음엔 악착같이 버텨보기로 했다. 천재는 아니어도 나름 태릉선수촌에 입성한 국가대표 후보니까, 내 앞에 서 있는 사람이 아무리 많아도 내 뒤에 서 있는 사람보단 적으니까, 해볼 만한 싸움이다 싶었다. 국제대회에 나갈 때마다 1회전에서 탈락하고 아무도 기대를 걸지 않는 후보 선수일 때도 올림픽까지는 나가보자는 생각으로 버티고 또 버텼다. 내가 가진 애매한 재능으로 대체 어디까지 갈 수 있는지, 한 번은 확인해보고 싶었다.

그런 면에서 나는 그래도 나은 편이었다. 적어도 내가 천재가 아니라는 사실은 뼈저리게 자각하고 있었으니까. 만약 내가 스스로 천재라고 생각했다면 그 지옥 같은 시간들을 견뎌내지 못했을 것이다. '아니, 대체 왜! 이전까지 잘해왔는데 왜 이렇게 뒤처지는 거지?' 하는 좌절과 자책에 시달렸을 게 분명하다. 하지만 나는 내가 철저한 노력파라는 사실을 잘 알고 있었다. 아무리 생각해봐도 2012년 런던올림픽에서 딴 동메달은 내가 가진 애매한 재능으로 올라갈 수 있는 최고의 자리였다. 그리고 감히 말하건대, 그나마 공정과 정의가 살아 있는 스포츠라서, 그리고 올림픽에서 큰 관심을 받는 유도라서 이 애매한 재능이나마 빛을 발할 수 있었다고 생각한다. 그렇기에 지금부터

하는 이야기는 다분히 배부른 소리이긴 하다.

버티고 버틴 끝에 마침내 결단을 내렸다. 어차피 애매한 재능을 가진 둔재인 것을, 천재가 되려고 아등바등 힘이나 빼지 말자고. 못하는 것 대신 잘하는 것을 하자고. 굳이 천재들을 부러워하면서 내 인생을 낭비하지 않기로 작정했다. (부러워하지 않는 것은 인간의 본성을 거스르는 짓이라 약간의 의지가 필요하다.) 그러니까 나는 그냥 생긴 대로 살기로 했다.

인정한다.

삶에서 행복의 파이를 늘리기 위한 조금 비겁한 타협이었다는 것을.

적당히 살아도 괜찮다는 자기위안이었고,

둔재여도 문제없다는 자기합리화였다는 것을.

그런데 그게 뭐 어떤가?

따지고 보면 이 세상의 99퍼센트는 둔재들이다. 99퍼센트의 둔재들이 1퍼센트에 불과한 천재가 되려고 발버둥을 치다 보니 사는 게 피곤하고 힘들고 어려운 게 아닐까. 그래, 세상을 바꾸는 건 천재라고 하자. 하지만 우리가, 그러니까 99퍼센트의 둔재들이 그 변화를 받아들여주지 않으면, 적응해주지 않으면 아무 의미도 없는 것이 아닌가. 제아무리 뛰어난 창조와 혁신도 그것을 인정하고 따라주는 사람들이 없다면 그 빛을 발할 수 없는 노릇이다. 그러니 진짜로 세상을 바꾸는 사람들은 변화를 이끄는 사람(천재)이 아니라 변화에 적응하는 사람(둔재)인 것이다. 나는 약간의 자부심을 가지기로 했다.

"나는 둔재니까, 세상을 바꾸는 건 천재들이 해보렴. 그럼 내가 한번 살아보고 안 되겠다 싶으면 말할 테니 다시 고쳐줘야 해. 그게 천재인 너희가 둔재인 나를 위해 해주어야 하는 일이란다. 하하하!"

눈물겨운 자기합리화라고? 애매하고 모호한 상황을 견디지 못해 어떻게든 끝내버리려는 종결욕구가 인간의 본능이듯, 힘겹고 고통스러운 상황에서 어떻게든 스스로를 지키려는 자기합리화 역시 인간의 본능이다. 무엇이 좋고 나쁜지, 무엇이 옳고 그른지를 판단할 수 없는 문제다. 자기한테 맞는 걸 택하면 된다.

지금 생각해보니, 유도에서는 애매한 재능을 지닌 둔재였을지 모르지만 편하게 살기 위한 자기합리화에는 천재적인 재능이 있는 것 같다.

그러니, 나는 계속 이렇게 생긴 대로 살겠습니다.

# Part 3

# 잘 일어서기

# 달리기를 잘하는 유도선수

태릉선수촌은 운동선수들에게 학교인 동시에 사회다. 떠나고 싶다고 떠날 수도, 머물고 싶다고 머물 수도 없는 곳이기도 하다. 모두에게 열려 있지만 모두가 들어올 수는 없는 이곳에서 웃으며 나가는 사람은 극히 드물다.

이곳에 있는 선수들은 어떤 종목이든 살인적인 운동량을 소화한다. 몸으로 할 수 있는 일은 다 한다고 보면 된다. 특히 런던올림픽을 준비하며 정훈 감독님과 장성호 코치님이 우리에게 요구한 운동량은 어마어마했다.

그야말로 상상 초월, 무엇을 상상하든 그 이상을 운동했다고 할까.

갖은 노력 끝에 힘들게 들어왔음에도 지옥훈련을 견디지 못하고 제 발로 선수촌을 떠난 선수들도 꽤 많이 있었다. 들어가기도 힘들지만 버티기는 더욱 힘든 곳이었다, 태릉선수촌은. 하지만 나는 그곳을 절대 떠날 수 없는 나름의 절박함이 있었다. 선수촌에서 받는 하루 훈련수당 3만 원이 필요했고 유도 삼형제의 맏형이라는 책임감도 상당했다.

정훈 감독님과 장성호 코치님은 혀를 내두를 정도로 지독한 조합이었다. '안 되면 되게 하라'를 모토로 불도저같이 밀어붙이는 스타일이라 우리는 자주 신체적·체력적 한계에 부딪혀야 했다. (앞에서 그런 훈련법 덕분에 가장 큰 무기인 근력을 키울 수 있었다고 말했지만, 그렇다고 힘들지 않았던 것은 당연히 아니다.)

특히 우리를 괴롭힌 훈련은 1분 3초 안에 400미터 운동장을 한 바퀴씩, 모두 다섯 바퀴 돌아야 하는 '인터벌 트레이닝'이었다. 운동장을 뛰기만 하면 되니까 단순하고 쉬워 보일 수도 있지만, 한 번 뛸 때마다 뚝뚝 떨어지는 체력을 감안한다면 결코 만만치 않은 일이었다. 한두 바퀴야 운 좋게 1분 3초 안에 들어올 수도 있지만 다섯 바퀴를 모두 시간 내에 들어오려면 매 바퀴마다 정말 사력을 다해야 한다. 기록이 좋지 않으면 저녁때까지 훈련을 반복하는데, 어떤 날은 운동장을 50바퀴 정도 돈

적도 있다. 400미터를 50바퀴 돌면, 20킬로미터다. 하프마라톤을 쉬지 않고 전속력으로 뛰는 것이나 마찬가지다. 그런데 중요한 사실은, 그러고도 성공하는 날이 많지 않다는 것이다.

내가 처음 태릉선수촌에 들어갔을 때 400미터 기록은 1분 15~17초로 매우 저조했다. 대부분 운동선수가 1분 7초대에는 들어왔으니, 떨어져도 너무 떨어지는 기록이었다. 훈련할 때마다 가장 늦게 헉헉대며 들어오는 나를 마주하는 것은 매번 곤욕스러운 일이었다. 가끔은 '나는 유도선수인데 왜 이렇게 뜀박질에 체력을 모두 소진해야 하는 걸까?' 하는 의문과 '유도만 잘하면 됐지, 이것까지 잘해야 해?' 하는 반감도 들었다.

일 년가량 인터벌 트레이닝을 반복했지만 달리기 실력은 크게 나아지지 않았다. 매번 나머지반에 끼어 저녁 늦게까지 훈련해야 했다. '죽어라 뛰어봤자 어차피 안 된다'는 생각을 갖고 있어서인지, 기록이 더 떨어지는 날도 있었다. 나와 함께 나머지반에 속한 선수들의 공통점이었다.

"어차피 난 노력해도 안 되는데, 이 시간이나 때우자."

나 역시 별반 다르지 않았다. '이 훈련을 잘한다고 유도를 잘하는 건 아니야'라며 어쭙잖은 위로로 스스로를 달랬다. 일 년을 해도 안 되는데 더 노력한다고 될 리가 없지 않은가? 그런데 나중에야 깨달은 사실은 바로 그렇게 스스로 정한 한계 때문에 실력이 일 년이나 늘지 않았다는 것이다.

　우리는 한계와 마주하는 것을 두려워한다. 자신이 책임지고 제어할 수 있는 능력치 밖을 보는 것에 대한 막연한 두려움 때문이다. 그래서 한계를 보기 전에 일찌감치 포기하는 경우가 적지 않다. '내가 조금 더 노력했으면 더 잘했을 거야'라는 일말의 가능성을 남겨둘 수 있기 때문이다. 생각해보면 한계에 부딪힐 때까지 나를 몰아붙이지 않는 것은 또 하나의 생존 본능일지도 모른다. 한계까지 자신을 몰아세웠다가 한계가 아니라 아예 삶을 넘어서버린 사람을 뉴스에서 종종 목격하지 않는가. (나는 인간의 나약함을 생존 본능으로 가장하는 것을 매우 즐겨한다. 꽤 그럴듯한 자기합리화에 도달할 수 있기 때문이다.)

　당시 내 발목을 잡는 것이 유도가 아니라 400미터 달리기 훈련이라는 사실은 분명 좌절할 만한 일이었다. 유도만 잘하면 된다고 생각했는데 달리기 때문에 유도를 못 하게 될 수도 있다니, 약간의 절망감과 허망함까지 들었다. '아니, 고작 세 평짜리 유도장에서 경기를 하는데, 전력질주가 왜 필요한 거야?' 하는 불만이 불쑥불쑥 치밀어 오르는 건 당연한 수순이었다.

　그런데, 그냥 했다.

안 할 수는 없으니까, 될 때까지 해보는 수밖에 없었던 것이다. 무슨 일에든 언제나 분명한 의미나 의지를 갖고 임하는 게 가능할까. 가끔은 단순하게 주어진 상황에 몸을 맡겨야 할 때도 있다. 일 년간 해도 안 되었지만, 그래도 해야만 하는 일이었다. 어차피 계속해야 하는 일이라면, 될 때까지 해보기로 했다면, 더 이상 안 되는 상황에 머무를 수는 없었다.

당장 내 발등에 떨어진 목표는 올림픽 금메달리스트가 아니라 내일 아침 훈련에서 1분 3초 안에 400미터를 달리는 것이었다. 달리기 훈련을 한다고 당장 유도 기술이 하나 느는 것은 아니었다. 하지만 (코치님과 감독님 말에 의하면) 이 훈련은 기초 체력을 끌어올리는 데 큰 도움이 되었다. 그리고 무엇보다 제한된 시간 안에 에너지를 쏟아내는 훈련으로 3분 안에 승부를 봐야 하는 유도와도 밀접한 관련이 있었다. 그때는 그런 심오한 뜻을 100퍼센트 이해했던 것은 아니다. 그저 해야 하니까 했던 거고, 누가 이기나 해보자 하는 오기도 조금은 있었다. 그리고 결과적으로 이 훈련이 나를 태릉선수촌에서 끝까지 버티게 해준 버팀목이 되었다.

다시 마음을 다잡고, 달리기에 관련된 책과 동영상을 찾아보기 시작했다. 어떻게 하면 조금이라도 공기 저항을 줄일지, 다섯 바퀴를 모두 시간 내에 완주하려면 체력을 어떻게 안배해야 하는지, 어떤 자세에서 가장 속도가 붙는지를 분석했다. 나는 두 발만이 아니라 온몸과 머리를 동원해서 달렸다.

조금씩 성과가 나타났다. 예전에는 터무니없는 기록으로 매번 나머지 훈련을 했다면, 어느새 한두 바퀴 정도는 무난하게 1분 3초 안에 들어가게 되었다. 하지만 세 바퀴부터는 숨이 꼴깍 넘어갈 것만 같았다. 호흡을 참고 뛰다 보니 현기증도 났다. 다리를 뻗을 때마다 부들부들 떨렸지만 딱 한 바퀴만 더 뛰자는 생각으로 터질 듯한 심장을 부여잡고 달렸다. 그렇게 나는 단체훈련과 개인적인 공부를 병행한 지 5개월 만에 극적으로 다섯 바퀴를 모두 1분 3초 안에 들어오는 데 성공했다.


정말 오랜만에 느껴보는 성취감이었다. 마치 매트 위에서 상대방을 메치는 것만큼 짜릿한 기분이었다. 매번 남아서 오랫동안 훈련하다가 처음으로 정시에 훈련을 마치고 들어가서 쉴 수 있다니, 기분도 날아갈 듯이 좋았다. 아, 휴식이란 이렇게 달콤한 것이었던가. 뜀박질이 끝나고 나서도 한참을 쿵쿵거리는 심장소리가 그렇게 듣기 좋은 것인지 그때 처음 알았다.

이후부터는 1분 3초 안에 들어오는 것을 목표로 하지 않았다. 나의 목표는 언제나 '어제보다 0.1초라도 빠르게 들어오는 것'이었다. 그렇게 2년 동안 인터벌 트레이닝은 계속되었고 올림픽에 나가기 직전에는 어느새 400미터 기록이 53초까지 단축돼 있었다. 태릉선수촌에서는 육상부를 제외하고 가장 빠른 속도였다. (육상부만큼 빠르게는 도저히 안 되더라. 그건 진짜 내 실력과 체력 밖의 일이었다.) 토요일마다 팀을 짜고 릴레이로 경기해서 이긴 팀은 바로 훈련을 마치고 진 팀은 강도 높은 벌칙을 받기도 했다. 그럴 때면 나는 항상 릴레이의 마지막 주자로 뛰었고 내가 속한 팀은 무조건 이기는 팀이 되었다.

아니, 그런데 잠깐.

앞에서는 '나 자신과 싸우지 말자'고, '어제의 나와 경쟁하지 말자'고 해놓고, '어제보다 0.1초라도 빠르게 들어오는 것'을 목표로 해서 성공했다고?

왜 한 입으로 두 말을 하냐고 의문을 품을 분이 계실지 모르겠다.

워워, 잠시 진정하고 들어주시길.

나도 나 자신과 친구가 된 지 이제 4년이고, 예전에는 참 많이 싸웠다. 이때도 그랬다. 그리고 나 자신과 싸워야 성공한다는 말이 무조건 따라야 할 불문율이 아니듯, 나 자신과 싸우지 말라는 이야기도 정답은 아니다. 나 역시 나 자신과 싸워서 도움을 받은 적도 있고, 때로는 친하게 지내면서 힘이 된 적도 있다. 결국 언제나, 모든 상황에, 모든 사람에게 들어맞는 정답이란 없다.

그리고 엄밀히 말하면, 이때의 나는 스스로 정한 한계와 싸운 것이지 나 자신과 싸운 것이 아니었다. 한계에 끊임없이 도전해야 한다는 주문이 아니다. 한계를 보기도 전에 멈추는 일에 대해서는 한 번쯤 생각해보면 좋겠다는 제안일 뿐이다.

한계를 알아야 그 한계를 조금씩 넓혀갈 수 있다. 그리고 진짜 한계에 도달했을 때 미련 없이 멈출 수 있다. 진정으로 한계에 맞닥뜨렸을 때 여기가 내 한계라며 안타까움의 눈물을 흘릴 게 아니라 내 한계까지 나를 끌어올렸음에 기쁨의 눈물을 흘려야 한다. 자기 능력의 100퍼센트를 오롯이 쓰는 사람은 생각보다 많지 않다. 스스로를 몰아세우며 한계를 뛰어넘지 못한 자신을 책망하거나 나는 결국 안 되는구나 하고 좌절하지 말자. 험한 세상을 살면서 나 자신까지 적으로 만들 필요는 없다.


잘 일어선다는 것은 그런 것이 아닐까. 내가 넘어진 이유와 상황, 즉 나의 한계를 제대로 아는 것, 그래서 다시는 넘어지지 않도록 나를 단련하는 것. 하지만 그럼에도 또 넘어질 수 있음을 알고, 이를 대비하는 것. 절대 넘어지지 않으려고 기를 쓰기보다 넘어져도 될 순간과 넘어져서는 안 되는 순간을 구분하는 것.

　요즘 큰 대회에서 낙법을 치는 선수들을 보기가 점점 어려워진다. 승리가 간절한 만큼 낙법을 쳐야 하는 순간에도 혹시 모를 부상을 감수하면서까지 낙법을 제대로 치지 않는 것이다. 팔이라도 꺾이면 무조건 탭을 치고 빠져나와야 하는데도 버틴다. (탭을 친다는 건 상대방의 누르기 기술에 걸렸을 때 버티지 않고 항복하는 것을 의미한다.) 그런 후배 선수들에게 '올림픽이 아니라면 탭을 치라'고 조언하지만 대개는 그 말이 먹히지 않는다. 너는 죽어라 승리에 집착하면서 남한테만 그러느냐고 할까봐 하는 말인데, 나는 유도선수들에게 올림픽만큼이나 중요한 3대 대회인 파리 그랜드슬램대회 4강전에서 프랑스 선수와 상대하게 되었을 때 누구보다 빠르게 탭을 쳤다. 내가 탭을 치지 않으면 코치석에서 "버텨라, 빠져나와라"라고 소리칠 것이 뻔해서 그전에 탭을 쳐버렸다.

　너무 포기가 빠른 것이 아니냐고? 그 시합은 내 인생의 마지막 시합이 아니었다. 탭을 치지 않고 간신히 이겨봤자 부상을 입은 채로 결승에 나가면 이길 리가 만무했다. 탭을 치고 나서 그 경기는 졌지만 부상 없이 3등으로 대회를 마쳤고 그다음 주에 열린 유로피안 오픈 경기에서 금메달을 거머쥘 수 있었다. 아마 그때 더 버텼더라면 그다음 경기에서 금메달은 꿈꿔보지도 못했을 것이다. 경기가 끝나고 누군가는 왜 몸을 사리고 너를 던지지 않느냐고 타박했지만 나는 속으로 생각했다.

'왜 지금 나를 던져야 하죠? 매 순간 내일이 없는 것처럼 최선을 다하라고요? 저는 내일이 있는걸요?'

그리고 내일이 없다는 생각으로 죽기 살기로 덤빈 올림픽에서 나는 낙법도, 탭도 치지 않고 버텨서 동메달을 땄다. 매 순간 내일이 없는 것처럼 최선을 다함으로써 삶의 중요한 순간을 만들 수도 있지만 정말 결정적인 순간을 위해 가끔은 질 줄도 알아야 한다. 그게 내가 잘 일어서는 기술이었다. 나는 진짜 이겨야 하는 순간을 위해 가끔은 지는 일을 두려워하지 않았다.

# 찝찝한 승리와 후련한 패배

　내 인생의 터닝 포인트이자 유도선수로서 정점을 찍었던 런던올림픽 국가대표 선발전. 당시 나는 선배인 최민호 선수와 런던올림픽 마지막 2차 선발전을 치러야 했다. 최민호 선수는 여러 수식어로 설명하기가 입이 아플 정도로 우리나라 유도계에서 손꼽히는 대들보 같은 선수다. 나 역시 그의 플레이를 보며 꿈을 키웠다. 나에게는 롤모델이자 우상인 동시에 같은 체급에서 반드시 넘어야 할 산이었다.

　그와 경기를 치르면서 나는 어마어마하게 차이나는 능력치에 마치 헐크를 만난 기분이었다. 압도적인 경기력에 별다른 저항도 못 하고 한판으로 넘어갈 뻔했던 위기도 여러 차례였다. 아주 짧은 순간, 묘한 안도감마저 들었다.

'그냥 이대로 넘어가도 아무도 나를 욕하지 않을 거야.'

그만큼 실력의 차이가 컸다. 나와 치른 선발전은 최민호 선수에게는 마지막일 수도 있는 경기였다. 그는 은퇴를 했다가 다시 복귀한 상황이었기 때문에 만약 나에게 진다면 더 이상 국가대표로 설 기회가 없었다. 그러니 최민호 선수 역시 얼마나 혼신의 힘을 다해 덤볐겠는가. 안 그래도 강한 사람이 절박함까지 탑재하니, 이건 뭐, 괴물이나 다름없었다.

그런데 그 순간, 이 경기가 최민호 선수의 마지막 경기가 된다면 바로 내가 그와 마지막 시합을 하는 영광의 주인공이 되는 것이란 생각이 들었다. 2002년 부산 아시안게임 당시 그의 경기를 관전하며 꿈을 키운 내가 다시 돌아온 우상과 이렇게 중요한 길목에서 시합을 하는 행운을 안게 되다니! 그것만으로도 충분히 의미 있는 일이 아닌가. 게다가 나는 어리니까 다음 기회도 남아 있었다. (마지막 경기일지도 모르는 그에게는 미안한 생각이었을지 모르지만, 하여튼.)

힘들고 버겁기만 하던 시합이 재미있어지기 시작했다. 다시 없을 행운을 누리고 있다는 생각에, 승패에 대한 염려를 버리고 경기 자체에 집중할 수 있었다. 시작 2분 만에 지쳐서 포기할 뻔했던 경기를 5분간 버티며 무승부로 마쳤다. 그리고 3분

연장전 끝에 판정에서 패하게 되었다. 원래 유도경기에서는 판정패를 아까운 승부로 치지만 그땐 하나도 아쉽지 않았다. 나의 우상에게 중요한 경기에서 8분이나 버티며 그가 가진 모든 힘을 쏟게 하고 마침내 값진 승리를 안겨준 사람이 나라는 게 기쁘고 뿌듯했다. 비록 시합에서는 졌지만 후련하고 개운했다. 한동안 내게 유도는 그저 돈을 벌기 위한 수단이자 가족의 유업(遺業)이었는데, 그때 다시금 유도를 처음 시작했을 때의 즐거움을 느꼈다.

'그래, 시합을 하는 나도 재미있어야지! 이 맛에 유도를 하는 거지!'


사실 져서는 안 되는 경기였다. 생애 처음으로 올림픽에 나가느냐 마느냐가 달린 시합이었으니 말이다. 그런데 참 우습게도 그토록 중요한 시합에서 승패를 떠나 경기 자체를 즐길 수 있었다. 내가 드라마의 주인공이었다면 열세에 몰리다가 마지막에 통쾌하게 최민호 선수를 한판으로 넘겼겠지만, 나는 졌다. 아무렴 어떠랴. 나는 정통극보다는 시트콤이 어울리는 캐릭터 아닌가.

이 일화를 다시 곱씹으며 성경에 나오는 다윗과 골리앗이 떠올랐다. 작고 연약한 다윗이 무시무시한 골리앗을 이기는 이야기는 우리에게 용기와 희망을 전한다. 어떤 사람들은 다윗과 골리앗의 이야기를 토대로, 약자가 강자를 이기기 위해서는 어떻게 해야 하는지, 약자의 장점이 뭐고 강자의 약점이 뭔지를 분석하기도 한다. 그러면서 이 시대의 다윗들에게 골리앗을 향해 돌을 던지라고 말한다. 하지만 정작 현실에서는? 다윗이 골리앗을 이기는 경우는 정말 드물다. (이 이야기가 왜 성경에 나왔겠는가. 인간의 힘으로 안 되는 이야기니까, 하느님의 힘으로 해낸 것이 아니겠는가.) 나는 크리스천이지만 이 책은 종교 서적이 아니므로, '하느님을 믿으면 여러분도 골리앗을 이길 수 있습니다'라고 이야기하고 싶지 않다. 현실에서는 대부분 다윗이 골리앗에게 진다. 그게 팩트다.

나와 최민호 선수의 경기에서 나는 누가 봐도 다윗이었고 최민호 선수는 자타공인 골리앗이었다. 골리앗을 이겨보겠다고 열심히 돌을 던져보았지만 상대는 쓰러지지 않았다. 나는 졌지만 억울하거나 분하지 않았다. 런던올림픽에서 치른 경기까지 통틀어 최민호 선수와의 경기가 내 인생 최고의 명승부였다고 생각한다. 그만큼 완전히 몰입해서 즐기고 최선을 다한 경기는 없기 때문이다.

모든 승부가 남기는 것은 승패뿐만이 아니다. 누가 이기고 졌느냐보다 중요한 건 각자에게 무엇이 남느냐다. 그 승부를 통해 나는 승리보다 중요한 것을 얻었다. 처음 유도를 시작할 때의 희열과 보람을 다시금 느끼며 초심을 상기할 수 있었다. 그렇기에 졌지만 후련한 패배였고 값진 실패였다. 그리고 국가대표 최종선발전에서 최민호 선수를 다시 만났다. 나는 중후반에 한판으로 졌고 그게 최민호 선수의 마지막 경기였다. 그와의 대결에서는 내가 두 번 다 졌지만 다른 모든 경기를 포함한 최종 점수 합산에서 내가 3점을 앞서 올림픽에 출전할 기회를 얻었다. (잠깐, 이렇게 되면 결국 내가 골리앗을 이긴 건가?)

이전까진 항상 패배와 승리 사이에서 엎치락뒤치락하는 삶을 살다 보니 그 둘의 경계가 천국과 지옥을 오가는 것처럼 극명했다. 그런데 언젠가부터 패배와 승리 사이의 경계가 무너지기 시작했다. 아마도 최민호 선배와의 경기처럼 져도 슬프지 않고, 또 이겨도 기쁘지 않은 순간이 있음을 깨닫고 나서부터였던 것 같다.

졌는데도 별로 속상하지 않아 이상하기도 하고, 이겼는데도 그다지 기쁘지 않아 의아하기도 했지만 처음 몇 번은 대수롭지 않게 여기고 넘어갔다. 그런데 그런 순간이 몇 번씩 반복되면서부터는 이유를 고민해보게 되었다.

왜 이겼는데 이렇게 찝찝하지?

왜 졌는데 이렇게 후련하지?

통쾌한 승리, 억울한 패배처럼 정형화되지 않은, 이 낯선 기분들을 곱씹다 보니 해답은 몇 가지로 추려졌다.


나름 정리해본 '찝찝한 승리'를 만드는 3대 원칙

1. 조금 더 할 수 있을 때 멈춘다.

2. 내 능력보다 주변 상황이나 상대의 불운을 이용한다.

3. 운이 좋다.


나름 정리해본 '후련한 패배'를 만드는 3대 원칙

1. 스스로 가능하다고 생각하는 영역까지는 최선을 다한다.

2. 내가 컨트롤할 수 없는 부분은 하늘에 맡긴다.

3. 운에 기대지 않는다.


우리가 많이 듣고 또 자주 쓰는 명언인 "실패는 성공의 어머니"라는 말도 곱씹어보면 실패를 통해 결국 성공에 다다라야 한다는 의미를 내포하고 있다. 실패는 성공을 위한 발판으로 삼아야지, 실패를 실패로 머무르게 둬서는 안 된다는 것이다.

하지만 내 생각은 조금 다르다. 실패는 그냥 실패고, 성공은 그냥 성공이다. 실패를 통해 꼭 성공에 도달해야 한다는 법은 어디에도 없다. 실패를 통해서도 나름 얻는 게 있고, 성공을 통해서도 나름 얻는 게 있을 뿐이다. 어차피 삶은 성공과 실패의 반복이다. 또한 성공해도 행복하기는커녕 찝찝할 수 있고 실패해도 불행하기는커녕 후련할 수 있다. 그래서 나는 성공도 실패도 같은 무게로 생각한다. 실패해도 크게 좌절하지 않고 성공해도 크게 기뻐하지 않는다. 1등을 해도 좋고, 2등을 해도 좋고, 꼴찌를 해도, 뭐, 나쁘지 않다. 중요한 것은 실패하느냐 성공하느냐가 아니라 어떤 성공을 하고 어떤 실패를 하느냐가 아닐까.

# 의심과 불평의 활용법

하찮고 비루한 글솜씨로 끼적인 글을 모아 책을 내겠다고 마음먹은 뒤로 세상을 살아가는 게 아주 골치 아파졌다. 작은 것에도 뭔가를 느껴보겠다고 떡볶이를 죽이 되도록 씹어보기도 하고, 매일 보는 형광등 불을 껐다 켰다 해보기도 했다. 그러다 보면 어둠이 뭔지 빛이 뭔지 불현듯 떠오를까봐서다. (한 5분 정도 반복해본 결과 눈만 시렸다.)

살면서 그냥 스쳐 지나갈 것들에 대해 생각하는 시간이, 평소엔 그러려니 하고 넘겼던 누군가의 말을 곱씹는 시간이, 이유 없이 일어난 일들에 이유를 붙여가며 나름의 인과관계를 찾는 시간이 늘어갈수록 어른이 되는 듯하다가 금세 어린아이가 되는 기분이다. 사색하는 시간은 무언가를 깨달은 척하는 것일 뿐, 결국 모든 것에 의심과 불평을 다는 것에 지나지 않았다.

나는 본디 좀 삐딱한 사람이다. 그런데 삐딱한 게 꼭 나쁜 것만은 아니다. 지구의 자전축이 기울어져 있어서 그런지, 이 세상엔 삐딱하게 보지 않으면 제대로 볼 수 없는 것들도 분명 존재한다. 한판 메치기를 당하면 잠시 세상이 거꾸로 보인다. 내발 아래 있던 세상에 정수리를 쿵 박고 나면 정신이 아찔해진다. 어쩌면 나는 그때 세상을 삐딱하게 보는 방법을 배웠던 것같다.

세상 모든 것을 의심하는 삶은 늘 흥미롭고, 간혹 유용하다. 지나칠 법한 것들을 한 번 더 두고 보아야 하기 때문이다. 무언가를 의심하는 순간보다 확신하는 순간 우리는 더 많은 오류와 맞닥뜨린다. 나는 언제나 의심보다 확신이 더 위험하다고 믿어왔다. 자기 자신에 대한 확신은 자존감을 높이기도 하지만 교만과 판단을 부추기기도 한다. 내가 이야기하면 신뢰도가 떨어질 것 같아(다시 말해 이 이야기를 의심할 것 같아서)《논어》를 뒤져보니 '위정편' 18장에 이런 이야기가 있다.

자장이 공자에게 관직 생활을 하는 자세에 대해 배우고 있었는데 공자가 말하기를, "먼저 여러 소리를 들어보고 그중 미심쩍은 것을 옆에 제쳐두고 그 나머지를 아주 조심스레 말하라.

그렇게 하면 잘못을 덜 하리라."

역시 《논어》에는 틀린 말이 없다. 의미상 의심은 신뢰와 정반대에 있는 말이지만 사실 의심은 신뢰로 가는 길목에 서 있는 말이다. 누군가 내게 "네가 의심스러워!"라고 말한다면 '네가 나를 제대로 믿어볼 작정이구나?' 하고 생각하면 된다. 우리가 가장 많이 의심하는 것들은 사실 가장 믿고 싶은 것들이기 때문이다.


세상 쓸모없어 보이는 불평도 마찬가지다. 불평은 희망이 있는 사람의 특권이다. 희망이 없는 사람은 불평도 하지 않는다. 아무 불평도 하지 않고 주어진 것에 만족하는 삶은 어렵다. 내 손에 없는 것을 바라고 내 손에 있는 것을 하찮게 여기는 우리 본성에 어긋나니까. 그래서 만족은 저절로 얻어지는 것이 아니라 언제나 노력해야만 영위할 수 있다. 반대로 불평하는 삶은 쉽다. 타고난 본성대로 세상을 조금만 삐딱하게 보면 불평은 절로 나오게 되어 있다. 그런데 그 불평하는 속마음을 조금만 들여다보면 우리는 그 안에서 아이러니하게도 희망이라는 두 글자를 발견하게 된다.

"상황이 안 따라줘서 그래"라는 불평 안에는 '상황이 조금만 도와주면 될 텐데' 하는 희망이 숨어 있고, "왜 우리 집은 가난

해서 내가 하고 싶은 일도 못 해?"라는 불평 안에는 '집이 도와주지 못해서 그렇지, 나는 지금 하고 싶은 일이 있고 열정도 있어'라는 전제가 깔려 있다. 불평만 하고 아무것도 하지 않는 건 문제가 되겠지만 불평 속에는 말하는 자의 필요가 명확하게 들어 있기 때문에 한번쯤 귀 기울여 들어봄 직하다. 나는 가끔 투덜투덜 불평하다가 문제의 해결점을 찾곤 한다.

그렇다고 모든 것에 불평과 불만을 가지고 사사건건 의심해보라는 건 아니다. 쓰레기더미에서 재활용할 수 있는 것들을 분리수거하듯이 자신이 내뱉은 불평과 의심들을 살펴보면 괜찮은 것들이 있다. 가끔 불평과 의심을 잘 골라내 유용하게 써먹으면 된다. 다시 한 번 말하지만 오해하지 말길 바란다. '가끔' 유용하다는 것이다, 가끔. (방금 준현이가 또 자기 옷을 가져갔냐고 의심하기에 하는 말이다.)

# 노력의 순도

중국에 훈련을 갔다가 짝퉁 지갑을 하나 사온 적이 있다. 당시 점원이 설명하기를, 가죽도 똑같고 박음질 개수도 똑같고 로고도 똑같단다.

아니, 그럼 대체 뭐가 다른 거지?

나는 그래도 다른 부분이 있지 않을까 싶어 거의 해부하다시피 지갑을 샅샅이 살펴보았다. 그런데도 별다른 차이점을 발견하지 못했고, 안도하는 마음으로 진품 가격의 반의반도 안 되는 가격에 지갑을 '득템'했다. 한동안은 잘 들고 다녔다. 내 지갑의 진품을 들고 다니는 친구 녀석을 만나기 전까지는 말이다.

우리는 항상 진짜와 가짜를 구분하려고 한다. 진짜는 가치가 있고 가짜는 가치가 없다는 걸 잘 알고 있기 때문이다. 나야 짝퉁임을 알면서도 구입한 경우이지만, 만약 속아서 짝퉁을 사게 되면 그것만큼 억울하고 분한 일이 없다.

그런데 이상하게도 우리가 관대하게 생각하는 짝퉁이 하나 있다. 바로 노력처럼 보이지만 실제로는 노력이 아닌 '짝퉁 노력'이다. 노력하지 않았는데도 얻어지는 결과를 '행운'이라 부르며, 진짜로 노력해서 얻은 것보다 우위에 두는 경우가 많다. 노력하지 않고도 뭔가를 얻은 사람을 선택받은 사람, 하늘이 돕는 사람이라고 평하며 부러워하기까지 한다. 인생을 인형 뽑기에 비유한다면 한번에 큰 인형을 뽑고 싶은 게 사람의 마음인지라 누구든 자신이 기울인 노력보다 더 큰 결과를 얻고 싶어한다. 정당한 노력을 통해 얻어지는 건 괜히 좀 억울하고 아까운 느낌이 들 때도 있다.

나도 마찬가지였다. 훈련을 대충 하고도 코치의 눈에 들키지 않으면 그걸 다행이라고 여겼던 때가 있다. 별로 노력하지 않았는데도 운 좋게 대련 훈련에서 이긴 날이면 하루 종일 기분이 좋았다. 그리고 속으로 생각했다.

'괜찮아. 내가 노력했든 안 했든 남들이 모르면 됐지.'

노력하지 않아도 티가 나지 않거나 결과에 큰 지장만 없다면 상관없었다. 짝퉁을 입고 있으면서도 남들 눈에는 진짜처럼 보이니, 스스로도 명품을 걸치고 있다는 착각에 빠졌다. 그렇다고 불법도 아니었으니까. 나쁜 짓을 하고 사는 사람도 얼마나 많은데, 내 몸이 조금 편한 게 뭐가 그렇게 잘못한 일이라고. 나는 죄책감을 갖지 않으려고, 메치기할 때보다 더 힘을 주며 애썼다.

어느 순간부터는 진짜가 되기 위한 노력보다 가짜임을 숨기기 위한 노력을 더 많이 하는 지경에 이르렀다. 잔머리를 쓰면서 누군가 볼 때만 힘을 쓰기 위해 아무도 보지 않을 때는 체력을 비축해두곤 했다. 코치 앞에서는 잘하는 기술만 연습했고 칭찬받기 위한 훈련에만 집중했다. 그렇게 방향을 상실한 짝퉁 노력은 자연스럽게 부끄러운 실력으로 이어졌고 태릉선수촌에서 모두 성장하고 있을 때 나만 도태되었다.


오랜 슬럼프 끝에 정신이 들었다. 내가 짝퉁이라는 사실을 인정한 후에 먼저 할 일은 진짜인 척하는 가짜 꼬리표를 떼어버리는 것이었다.

나는 먼저 '천재'라는 꼬리표를 떼어내고 '둔재'라는 꼬리표를 붙였다. 부산에서는 1인자였을지 모르지만 태릉선수촌에서 나는 둔재 중의 둔재였다. 천재들 사이에 끼어 있는 둔재라면 그들보다 몇 배로 노력하는 것이 당연했다. 내가 가진 재능은 딱 '태릉선수촌 입성'까지였으니, 이곳에서 살아남으려면 매일 0.1퍼센트라도 나아져야만 했다.

두 번째로 '자존심'을 떼어버렸다. 나는 브랜드 가치가 있는 명품이 아니라 발에 차일 정도로 넘쳐나는 기성품이라고 인정하는 것, 그러니 나만의 가치를 만들기 위해 더 많이 배워야 하는 현실을 부끄러워하지 않는 마음이 필요했다. 진짜 오리지널리티를 가지기 위해서는 몸에 배인 눈치와 처세, 그동안 쌓은 경력과 경험 같은 모든 불순물들을 제거해야 했다. 그제야 비로소 무(無)의 상태가 되어 새로운 초석을 쌓을 땅을 마련할 수 있었다.

마지막으로 떼어낸 것은 '눈에 보이는 노력'이라는 꼬리표였다. 실제로 태릉선수촌에서 함께 훈련한 선수들 중 잘하는 선수들, 이른바 진품 선수들을 보며 놀란 점은 그들이 오로지 자기 자신을 위해 훈련에 임한다는 사실이었다. 그들은 감독님이 20개를 시키면 16개쯤부터 페이스를 줄이고 눈치를 보는 여타 선수들(물론 나를 포함해)과는 달랐다. 스스로 21개를 하고 다음날에는 22개까지 늘렸다. 아무도 알아주지 않는다 해도 자기 자신만은 분명히 알고 있었기 때문이다. 그들은 결코 혼나지 않기 위해 훈련하는 법이 없었다. 누군가보다 잘해야겠다는 경쟁심도 없었다. 그저 자신이 성장하고 발전하는 데만 관심과 힘을 쏟았다. 어찌 보면 철저히 자기중심적이고 이기적인 훈련이다. 하지만 이런 훈련을 통해 그들은 자신만의 오리지널리티를 만들고 스스로 브랜드가 되어갔다. 나도 그들처럼 눈에 보이지 않는 노력을 기울이기로 했다.

진품 선수들을 이토록 뛰어나게 만든 것을 한마디로 정의하자면, '노력의 순도'다. 주위 시선을 향한 의식과 타인과의 경쟁의식을 걷어낸 순도 100퍼센트의 노력이 그들을 그만큼 성장시킨 것이다. '보이지 않는 노력'은 '보이는 결과'를 만들어낸다. 하지만 그저 보이기 위한 노력은 잠깐의 효과는 볼지 모르지만 결과적으로 아무 성과도 내지 못한다. 지금 당장 위기를 모면하기 위한 짝퉁 노력은 노력이 아니라 처세에 불과하다.

잘 만들어진 짝퉁일수록 진짜와 구별하기 어렵고 실제로 A급 모조품의 경우 진짜와 맞먹는 가격이 매겨지기도 한다. 하지만 아무리 그렇다고 해도 가짜는 진짜가 될 수 없다. 그저 진짜 같은 가짜가 될 뿐이다. 진짜가 되는 방법은 생각보다 쉽다. 좋은 재료, 비싼 가격이 진품을 결정하는 것이 아니다. 진짜가 되기 위해서는 많은 것을 갖출 게 아니라 진짜가 아닌 것들을 버려야 한다. 비록 남은 것들이 초라해 조금 값싸지더라도 상관없다는 마음가짐으로, 억지로 손에 쥐고 있던 내 것이 아닌 욕심들을 내려놓는 것. 그것이 진짜가 되기 위한 첫 단계다. 한껏 나를 치장하고 있던 불순물을 걷어내면 아무것도 없는 맨땅에 선 기분이겠지만, 순도 높은 노력으로 잘 가꾸기만 한다면 진짜 열매들이 주렁주렁 달릴 것이다.

　나는 사자성어를 좋아한다. 이 세상에서 벌어지는 수많은 일들 중에 도무지 이해되지 않으면서도 빈번하게 일어나는 일들을 단 네 글자로 정리해버리는 명쾌함이 마음에 들기 때문이다. 은근히 드러나는 풍자와 재미난 비유들도 좋다. 예전에 참 많이 쓰였다가 요즘은 빛을 잃어버린 사자성어들 중에 대기만성(大器晩成)과 형설지공(螢雪之功)이라는 것이 있다. 요즘처럼 빠르게 변하는 시대에 '너는 대기만성형이다'라고 하면 칭찬이 아니라 욕이다. 또한 형설지공은 다른 말로 흙수저라고 불린다.
　개인적으로 유행어보다 사자성어를 선호하다 보니, 일상생활에서도 사자성어로 감정을 표현하거나 생각을 정리하곤 한다. 그런데 요즘 사람들은 그런 모습을 아재라고 부르더라. 아재면 어쩌겠나. 아재가 진짜 아재스러울 때는 아재라는 말에 발끈하는 순간이라고 한다. 그러니 "아, 그래?" 하고 그런 말은 생전 처음 들어본다는 표정으로 웃을 수밖에. 어쨌든 내가 가장 좋아하는 사자성어가 하나 있다. 시대의 변화에 따라 빛을 잃은 사자성어들 가운데서 여전히 유효한 네 글자이기도 하다.

과유불급(過猶不及). 넘치는 것은 모자라는 것만 못하다. 이 네 글자만큼 부자와 빈자, 지식인과 무식자, 개미와 베짱이를 막론하고 모두에게 득이 되는 말을 본 적이 없다. 돈도 지식도 명예도, 하물며 노력까지도 넘치는 것은 모자란 것만 못하다는 교훈. 문득 내가 이 말을 너무 가슴 깊이 새기고 있어서 내 삶이 이렇게 어중이떠중이가 되어버린 것은 아닌가 싶기도 하다. (딱히 싫진 않다. 뭐든 과한 것보단 모자란 게 나으니까.)

"뜬금없이 웬 사자성어?"라고 의아해하실 분이 계실 것 같다. 순도 높은 노력을 기울이는 것과 관련해서 주의할 점에 대해 이야기하기 위해서니 조금만 더 들어주시길.

우화 〈개미와 베짱이〉는 봄부터 여름 그리고 가을까지 죽어라 일만 한 개미가 겨울을 따뜻하게 보내고 봄, 여름, 가을을 죽어라 놀기만 한 베짱이가 추운 겨울에 배고픔에 허덕이다가 개미에게 빌붙는 내용을 담고 있다. 이 우화의 교훈이 먹히던 건 먹을 것이 삶의 고락을 결정짓던 보릿고개 시절이었다. 먹느냐 먹지 못하느냐의 문제를 넘어, 무엇을 먹고사느냐의 문제를 지나, 어떻게 살 것인지를 고민하는 요즘의 우리에게 이 우화는 미련한 소시민 개미와 욜로(yolo)를 실천하는 '힙'한 베짱이 이야기로 바뀌었다. (세상은 뭐가 급해서 이리도 빨리 흘러가는지.)

요즘 우리는 욕심을 닮은 열심에 대해 반기를 든다. 욕심을 넘지 않는 적당한 열심이 무엇인지 자꾸만 반문한다. 그럼에도 여전히 1만 시간의 법칙을 신봉하면서 절치부심(切齒腐心)하는 마음으로 세상에 맞부딪혀야 뭐라도 이뤄낼 수 있다고 자신을 혹사시키는 사람들이 있다. 때론 나도 그렇게 살았고 그게 옳다고 믿었기에 그들의 열심이 욕심이라고 단언할 수는 없지만 경계할 필요는 있다고 본다. 진짜가 되기 위해 노력의 순도를 높일 때 주의해야 할 것이 바로 욕심과 열심의 구분이다. 무조건 열심히 하려는 노력에 매진하다 보면 간혹 그릇된 욕심에 빠질 수도 있기 때문이다.

열심은 우리를 성장시키지만 욕심은 공든 탑을 무너지게 한다. 열심은 우리를 움직이게 하지만 욕심은 멈추어야 할 때를 모르게 눈을 가린다. 열심은 달지만 욕심은 쓰다. 그러니 열심은 달달할 때까지만 씹다가 쓴맛이 나면 뱉어버려야 한다. 조금만 더, 조금만 더 하다가 턱만 나가기 십상이다.

우리 마음 안에는 분명 쓴맛이 나는 욕심도 있다. 내가 무조건 가져야만 한다고, 오직 나만 가져야 한다고 생각하는 이기심, 원래 내 것이었다고 우기는 생떼, 남에게 조금 생채기를 내더라도 우선 손에 넣고 보자는 식의 억지는 분명 욕심이다. 욕심 때문에 탈이 나면? 약도 없다. 나는 쓴맛이 나는 욕심은 즉시 뱉어버리는 사람이다. 내가 가질 수 없는 것을 바라보면 금방 목이 뻐근해지는, 그런 사람이다. 남들은 "거기서 한 발짝만 더 해보지", "조금만 더 했으면 결과가 달라졌을지도 모르잖아"라고 이야기할지도 모른다. 우리는 종종 욕심 부리지 않는 태도를 열심히 하지 않는 거라고 착각하니 말이다.

그렇다고 내가 욕심이 없는, 무소유를 실천하는 사람은 아니다. 욕심이 없는 사람은 절대로 성장할 수 없으니까. 적당한 욕심은 언제나 필연적으로 성장을 선물해준다. 적당한 욕심은 응원한다. 지금보다 더 나은 삶을 쟁취하기 위한 건강한 욕심을 지향한다. 건강한 욕심은 마음밭에 주렁주렁 열매를 맺게 해주는 좋은 거름이 된다.

그럼 욕심과 열심을 어떻게 구분하느냐고? 좀 솔직해서보자. '세상이 각박해서'라는 핑계로 나태를 즐기고 있는 건지, 아니면 정말 세상이 각박해서 욕심은커녕 열심도 먹히지 않는 건지, 자신이 가장 잘 알 것 아닌가? 열심과 욕심은 겉으로 보기엔 비슷해서 헷갈리지만 막상 씹어보면 그 맛이 달라서 먹어본 사람은 다 안다. (아니, 그렇다고 꼰대처럼 혼내는 건 아니다. 자기 질열은 아주 가끔은 괜찮은 약이더라고.)

'할많하않'이라고 하는가? '할 말은 많지만 하지 않겠다'를 어린 친구들이 이렇게 줄여 말한다고 한다. 그렇다면 나도 할많하않. 열심에 대한 이야기를 더 하고 싶지만 여기서 마친다. 너무 당연한 이야기니까. 나같이 하찮은 인간이 말해주지 않아도 우리 모두 알고 있는 이야기니까. 솔직히 열심히 살라는 얘기는 좀 지겹잖아.

아무튼 살다가 나보다 더 열심히 살아서 성공한 사람을 만나면 박수를 쳐주고, 또 덜 열심히 살아서 성공하지 못한 사람을 만나면 어깨를 툭툭 쳐줄 일이다. 열심히 살아서 성공한 사람을 부러워하는 것은 열심을 눈곱만큼도 닮지 않은 치졸한 욕심이고, 덜 열심히 살아서 성공하지 못한 사람을 꾸짖는 건 세상에서 가장 쓸데없는 오지랖이다.

그래서 욕심 부리지 말고 그저 열심히. 할 수 없는 걸 탐하지 말고 할 수 있는 것만이라도 꾸준히. 내가 할 수 있는 꼰대 같은 발언은 여기까지다.

# 꼰대학 개론

나처럼 운동만 하던 사람들은 격변하는 세상에서 고립된 채로 새 시대를 맞이하는 경우가 많다. 세상의 변화보다 내 몸의 변화가 더욱 크게 느껴지는 우리만의 리그. 이곳에서 우리는 강산이 변하는 줄도 모르고 십수 년을 보낸다. 하지만 시대가 변했다. 옛말이 진짜 옛말이 되어버렸다. 구시대적인 말을 하는 사람은 아재가 되고 꼰대가 되는 세상이다.

그래서 요즘 내 인생 최대 명제는 꼰대가 되지 말자다. (앞에서 잠시 꼰대 같은 발언을 해놓고, 이런 이야기를 하자니 쑥스럽지만.) 변화한 시대에 발맞추기 위해, 달라진 환경에 적응하기 위해 은근슬쩍 고개를 드는 꼰대스러움을 억누르느라 애를 먹고 있다. 경험이 늘고, 어설프게 아는 게 많아지면 누구나 꼰대스러움으로 꼬질꼬질 때가 타기 마련이다. 퀴퀴하게 묵은 냄새를 풍기는 꼰대들은 이상스러운 고집을 부리고 이해할 수 없는 행동을 한다. 그들의 행동양식을 타산지석으로 삼기 위해 몇 가지로 정리해보았다.

꼰대들의 행동양식 1_ 왕년, 못 잊어.

그들은 우선 기억력이 어마무시하게 좋다. (단, 어제 본인이 한 말은 기억 못 한다는 맹점이 있다.) 예전에 자기가 누렸던 영광이나 이룬 업적을 거의 분 단위로 기억한다. 듣다 보면 같이 과거로 회귀하는 기분이 들 정도로 섬세하고 세밀한 묘사가 압권이다. 몇 번을 반복했는지 토씨 하나 틀리지 않고 40분가량을 읊을 때도 있다. 몇 번 듣다 보면 나도 같이 줄줄 외우는 지경에 이른다.

이들은 자신이 과거에 성공했던 방식, 과거에 먹혔던 수법들을 매우 신뢰한다. 자신이 성공의 증거이기 때문에 의심할 여지가 없다. 그들이 가장 좋아하는 속담은 "개구리 올챙이 적 생각 못 한다"로 '과거를 잊은 나에게 미래는 없다'라는 개인의 역사적 소명을 가지고 있는 듯하다. 하지만 개구리가 올챙이 적 생각을 못 하는 건 과학적으로도 당연한 메커니즘이다. 올챙이는 물 안에서만 살 수 있는 반면 개구리는 물 밖에서만 살 수 있지 않은가? 개구리가 올챙이 적을 잊지 않고 그때 숨 쉬던 방법으로 계속 숨을 쉬려고 하면 자칫 목숨을 잃을 수도 있다. 그래서 개구리는 올챙이 적을 잊고 개구리로 살아가는 방법을 터득한다. 인간도 마찬가지다. 생물학적으로 개구리만큼 변하진 않지만 분명 우리가 적응하고 살아야 할 세상은 물속과 물 밖만큼이나 판이하게 달라졌다. 너무나 빠르게 급변하는 시대에 개인의 역사를 다루는 인식은 달라져야 한다. '과거를 잊지 못하는 나에게 미래는 없다'라고.

스포츠에서도 꼰대의식이 발현되면 골치가 아파진다. 과학적 훈련이 나날이 발전하고 있는데 가르치는 사람들이 꼰대면 30년 전 본인이 선수였던 시절을 얘기하면서 지금의 선수들을 트레이닝시킨다. 지금은 2017년 버전이 나와 있는데, 그 사람은 아직도 30년 전인 1987년 버전을 쓰는 것이다. 그래서 누군가를 가르치는 직업을 가진 사람이 꼰대가 되면 최악이다. 가르쳐야 할 사람이 배우지 않고 자기 이론만으로 알려주려고 하면 그 말은 자연히 신뢰를 잃기 마련이고 무너진 신뢰 위에서 제대로 된 배움이 있을 수 없다. 이론이 먹히지 않으니까 할 수 있는 일이라고는 화내고 윽박지르면서 "나 때는 다 이렇게 했어!"만 반복하며 흔들리는 눈빛을 감추는 것뿐이다.

꼰대들이여, 제발 왕년을 잊고 버전 업데이트 좀 하시라.

## 꼰대들의 행동양식 2_ 먼저가 없다.

'먼저' 했다는 건 꼰대들에게 엄청나게 중요한 이슈다. 시간상으로나 순서상으로 자신들이 누구보다 앞섰다는 건 그들이 가진 우월감의 유일한 증거물이기 때문이다. 게다가 누구보다 먼저 했다는 건 죽었다 깨어나도 바꿀 수 없는 사실이다. 후배 중에 나보다 잘하는 사람은 있지만 나보다 먼저 한 사람은 있을 수 없기 때문에 어떤 논리도 먹히지 않을 때면 "그래도 내가 먼저 해봤잖아"라는 말로 상대방을 꿀 먹은 벙어리로 만든다. 그래서 꼰대들이 가장 아끼는 단어는 '최초'다.

그토록 '먼저' 했다는 사실을 강조하는 그들이 이상하게도 지금은 무엇을 '먼저' 하기 싫어한다. 인사만 해도 그렇다. 후배가 지나가며 인사를 하지 않으면 "저거 인사도 안 하고 싸가지가 없네"라고 욕하면서 결코 자기가 먼저 인사하지는 않는다. 꼰대들에게 자격지심은 '필수템'인지 그 후배가 시력이 나빠서 못 봤는데도 '저거 나한테만 인사를 안 하네? 나 무시하는 거야 뭐야?' 하고 꼬아서 생각하는 경우도 많다. 먼저 태어났고 먼저 배웠고 먼저 경험했으면 인사도 먼저 할 수 있는 건데 '인사를 꼭 받아내야겠다'는 이상스러운 고집이 발동하면서 일부러 고개를 치켜들고 그 후배 앞을 지나다닌다. 하지만 시력이 나쁜 후배는 여전히 그를 알아보지 못한 채 지나쳤을 뿐인데, '저게 날 무시하는 게 맞네'라고 결론이 난다.

꼰대들의 행동양식 3_ 굳이 안 해도 될 이야기를 한다.

중고등학교 때 부쩍 유도를 잘하기 시작하면서 개인 과외를 받았다. 과외가 끝나면 가끔 아버지와 선생님이 술 한잔을 기울이곤 했는데 그때마다 선생님은 "준호는 기술이 없어서 안 된다"는 얘기를 술버릇처럼 했었다. 과외를 그만두고 대학교에 들어가 한참 잘할 때도 그 선생님은 굳이 연락해서 "너는 기술이 없어서 힘들 거다"라고 낙담하는 말을 전해왔다. 돌이켜보면 대학교 때는 기술이 조금 부족해도 피지컬 차이만 어느 정도 극복하면 곧잘 던져서 이겼었는데 그 말을 자꾸 듣다 보니 트라우마가 생길 정도였다.

〈우리동네 예체능〉이 한창 이슈몰이를 하고 있을 때 태릉선수촌 촌장님께서 유도 출신이라 굉장히 기뻐하셨다. 회식자리에서 나에게 술을 따라주시면서 "그래, 네가 요새 티비에 나와서 인기라며? 유도 홍보 잘하고 있다"라고 칭찬해주시다가 갑자기 "너 계속 연예인 쪽으로 나가려는 거 같은데 너는 못생겨서 안 돼" 하며 껄껄껄 웃으시더라. 그 자리에서 못 웃는 건 나뿐이었다.

꼰대들이 하는 말 중에 속 깊은 뜻이 있는 것은 별로 없다. 대부분 굳이 하는 말들이다. 들으라고 하는 말이 아니라 자기가 하고 싶어서 하는 말. 딱히 해주는 것도 없이 그런 말을 왜 하는지 모르겠다. 나도 허허 웃어넘겨야 하는데, 그 얘기를 듣고 오기로 더 열심히 했던 것 같다. 아, 잠깐! 꼰대에게 이렇게 깊은 뜻이?

나도 될지 잘 모르겠지만 언제나 왕년의 이야기는 다 잊고, 인사가 하고 싶으면 내가 먼저 하고, 굳이 안 해도 될 얘기는 마음속에 담아두는 사람이 되고 싶다.

추신 ......................................................................................................./

꼰대는 이런 얘기를 해도 자기 얘긴지 모른다. 이 글을 읽고 있으면서도 자기 자신을 돌아보지 않고 남만 욕하면 그게 꼰대다. 자기가 안 떠오르고 남이 떠오르면 꼰대. 아니, 그 사람 말고 당신이오!

# 암흑기와 전성기

온통 행복뿐인 인생은 없다. 그렇다고 온통 불행뿐인 인생도 없다. 신은 우리 생각보다 훨씬 더 공평해서 한 사람의 인생에 오직 고난만 주는 법도, 오직 행복만 주는 법도 없다. 다만 신은 한 가지 장난을 쳐놓았다. 바로 어떤 것이 고난이고 어떤 것이 행복인지 구별할 수 없게 했다는 것이다. 그래서 우리가 행복하면 행복을 유지하는 호르몬(도파민)이 나오고, 불행하면 행복하다고 스스로를 속이는 호르몬(엔도르핀)이 나온다. 호르몬의 장난에 의해 알아차리지 못하는 사이, 수많은 행복과 고난이 수시로 우리 삶을 스쳐지나간다. 그래서 무심코 넘겼던 행복에 아쉬워할 때도 있고, 모른 채 지나온 고난에 가슴을 쓸어내릴 때도 있다. 모든 고난과 행복을 즉시 알아챘다면, 아마도 우리는 하루에도 열두 번씩 일희일비하느라 삶을 다 허비해버렸을 것이다.

정신없이 지나가는 행복과 고난 사이에 툭 던져진 기회들은 자세히 보지 않으면 눈치채지 못할 만큼 찰나의 순간이다. 그리고 그 기회를 단박에 알아차리는 사람은 극히 드물다. 대부분의 기회들은 당사자가 모르는 사이에 찾아와 인생을 송두리째 바꿔놓곤 한다. 특히 텔레비전을 보다 보면 의도치 않게 한 인간의 희로애락과 삶의 등고선을 마주하게 된다. 자신의 삶을 전시하며 살아가는 그들을 보고 있자면 눈만 깜빡여도 세상이 자기편이 되어줄 때가 있는 반면에 뭘 해도 안 되는 때가 분명 있음을 깨닫는다.


운동선수들에게 전성기는 큰 대회와 함께 오는 경우가 많다. 그런 의미에서 유도선수로서 나의 전성기는 누가 뭐라 해도 런던올림픽이었다. 내 생애 첫 올림픽을 선수로 겪고, 두 번째 올림픽은 여자유도 대표팀 코치로 겪었다. 그러면서 수많은 선수들의 전성기와 암흑기를 가장 가까이서 지켜볼 수 있었다.

모든 선수들이 나름대로의 포물선을 그리며 실력을 키워가지만 올림픽 시즌이 다가오면 상승곡선과 하향곡선이 끊임없이 교차되는 격변기를 맞이하게 된다. 2008년도 베이징올림픽이 끝나고 세계랭킹제가 도입되면서 세계에서 유도를 가장 잘하는 사람이 누군지 쉽게 판가름할 수 있게 되었다. 다음 올림픽에서 세계랭킹 1위가 금메달을 따느냐 마느냐에 귀추가 주목되는 건 당연지사. 세계랭킹 1위 선수들에게 올림픽은 챔피언 방어전이나 마찬가지인 셈이었다. 세계랭킹 1위가 올림픽에서 1등을 하면 당연한 것이지만 그러지 못하면 그 데미지가 훨씬 크다. 원래 사람이 가진 게 많으면 잃을 것도 많은 법이다. 하지만 결과적으로 2012년 런던올림픽에서 세계랭킹 1위가 금메달을 딴 경우는 14체급 중에 단 두 체급뿐이었다.

운동선수로서 가장 빛나는 전성기를 누려오던 그들이 왜 올림픽에서 빛을 발하지 못한 것일까? 왜 하필 전성기의 끝자락, 가장 중요한 순간에 암흑기를 맞이한 걸까?

한 발짝 떨어져서 보면 그 이유는 간단하다. 중요한 순간에 다른 누군가의 전성기가 도래하기 때문이다. 내가 전성기를 맞이한 런던올림픽이 나와 맞붙은 누군가에게는 암흑기가 되었듯이, 신은 그렇게 누군가의 전성기와 누군가의 암흑기를 추삼아 세상의 균형을 맞추고 있다. 내가 잘하는지 못하는지 알 수 없는 깜깜한 암흑기. 그래서 내가 얼마나 더 잘해야 하는지,

얼마나 더 노력해야 하는지 가늠하기 힘든 이 혼란의 암흑기를 지나면 비로소 전성기가 찾아온다.

올림픽 전에 정점을 찍은 세계랭킹 1위들은 자신이 얼마나 더 잘해야 하는지, 얼마나 더 노력해야 하는지 알고 있다. 그래서 올림픽이라는 큰 시합 전에는 절대 무리해서 한계를 뛰어넘으려고 하지 않는다. 하던 대로 해도 1등을 할 수 있으니까, 오히려 무리해서 부상이라도 입으면 낭패이기 때문에 페이스 유지에 더 많은 노력을 기울인다.

보통 시합이라면 그들은 무난하게 1등을 한다. 그들은 지금 승승장구하는 전성기를 누리고 있고, 능력치는 남들보다 분명 우위에 있으며, 상승곡선을 탄 순풍에 돛단배이기 때문이다. 하지만 올림픽처럼 전 세계적인 관심이 몰리고 가늠하기 힘들 정도의 땀과 노력을 갑옷 삼은 선수들이 모이면 그 안에서 기적이 이루어진다. 그 기적이란 2등이 1등을 이기는 수준이 아니다. 기적은 저 변두리에서 자신이 해온 노력이 어느 정도인지 헤아릴 틈도 없이 달려온 선수에게 일어난다. 50일, 100일 전만 해도 세계랭킹에 이름도 올리지 못했던 선수가 브레이크도 없이 달리다 보니 어느새 결승선에 가장 먼저 도착해 있는 것이다. 그들에겐 부상의 두려움, 페이스 조절 실패와 같은 단어가 없다. 지금 실력으로 지든, 부상으로 경기에 못 나가든, 페이스 난조로 지든, 어차피 똑같이 지는 거라면 그냥 끝까지 해 보는 것이 그들의 유일한 선택지다. 부정적인 상황을 대비하는 것이 아니라 혹시라도 성공할지 모르는 그 일말의 가능성을 좇아야 한계를 뛰어넘을 수 있다.

런던올림픽을 준비하면서 국제대회 7연속 1회전 탈락이라는 치욕스러운 암흑기를 맞이했던 내가 올림픽이라는 큰 무대에서 여러 악재를 뚫고 영광스러운 동메달을 목에 걸며 짧지만 소중한 전성기를 맞이했던 것은 치욕스러운 암흑기 덕분이 아니었을까? 그렇기에 모든 빛나는 전성기는 그 이전에 암울한 암흑기가 있기에 가능한 일이 아닐까?

이런 막연한 낙관주의는 가끔 나에게 설렘을 가져다준다. 지금 '내 인생은 암흑기야'라며 한탄하고 있다면 내 말을 믿어봐도 괜찮다. 신은 생각보다 공평해서 당신의 삶이 고통이었던 만큼의 행복을 분명히 가져다줄 것이다. 살다 보면 모두에게 몇 번의 기회가 온다는 말을 믿고 살아가는 것도 나쁘지 않은 것 같다.

# 열정적 잉여인간

　장황한 문장보다 한 문장이 우리를 짓누르는 경우가 많다. 끝날 듯 끝나지 않는 랩처럼 긴 어머니의 잔소리는 한 귀로 듣고 한 귀로 흘려보낼 수 있지만 누군가가 내 가슴에 꽂아버린 그 한마디는 아무리 빼내려고 해도 도무지 빠지지 않는다.

"넌 왜 이렇게 치열하게 살지 않니?"
"넌 대체 꿈이 뭐야?"
"넌 인생에 목표가 없어?"
"노력을 하긴 하니?"
"도전정신이 부족한 거 같아."

'니들이 뭔데 내 삶을 판단해?'라고 도끼눈을 떴다가도 '니들이 보기에도 그렇니?' 하고 고개를 푹 숙이게 된다. 말이 가지는 힘이 그렇다. 생각을 안 하려고 할수록 귓가에 더 맴도는 게 말이다. 오히려 짧으면 짧을수록 기억하기 쉬워서 그런지 마음에 더 오래 남는다. 말 한마디로 천 냥 빚을 갚고 세 치 혀로 사람을 죽일 수도 있다는 속담은 아마도 그런 의미일 것이다.

나도 그랬다. 누군가가 내리꽂은 한마디에 묶여서 내 모든 인생의 초점을 그 말을 반박하는 것에 맞춰놓고 살았던 때가 있다. 누군가 지나가는 말로 "넌 절대 1등을 할 수 없어"라고 말하면 1등을 할 때까지 그 말만 곱씹었다. 그러고 나서 1등을 하면 그 자체의 성취감을 느낄 새도 없이 나에게 1등을 할 수 없다고 단언했던 그 사람을 노려보며 '봤지?' 하고 코웃음을 쳤다. 그 당시에는 성취감보다 복수에 성공했다는 통쾌함이 더 크다고 생각했다. 하지만 통쾌함은 찰나의 것이었고 정작 내게 그 말을 했던 사람은 기억도 못 하고 있었다. 통쾌함이 허무함으로 바뀌는 경험을 몇 번 하고 나서 사람들의 말에 크게 의미를 부여하지 않기로 했다. (돌이켜보면 사람들은 생각보다 서로의 삶에 관심이 없다.)

누군가의 말 한마디 때문에 인생이 바뀌었다는 사람도 분명 있을 것이다. 어쩌면 우리가 책을 읽고 강연을 찾아보는 이유 중 하나는 나를 일깨워줄 한마디를 찾기 위해서일지도 모른다. 그리고 그 책을 쓴 저자나 강연을 주도하는 강연자 역시 자신의 말 한마디가 누군가에게 동기부여가 되었으면 하는 마음에서 그 일을 시작했을 수도 있다. 그 자체가 삶의 동력이 되는 사람도 분명 있기 때문이다. 하지만 지금 책을 쓰고 있는 나는 당신의 삶에 개미 눈곱만큼도 관심이 없다. 내 삶도 막막해서 누군가의 삶에 왈가왈부할 군번이 못 된다. 그러니 내가 살아온 주관식 답을 가지고 당신의 답안지와 비교해볼 필요도 없고, 내가 하는 모든 말에 일희일비할 필요도 없다.

나는 당신 인생에서 아무것도 아니다.
그리고 당신도 내 인생에서 아무것도 아니다.
우리는 아무것도 아니기 때문에 아무것이나 할 수 있다.
그게 아무것도 아닌 우리가 가진 특권이다.

삶에서 내가 선택할 수 있는 것은 생각보다 적고, 그중 꼭 해야만 하는 그럴싸한 이유가 있는 일은 더더욱 적다. 우리가 꼭 해야 하는 일들은 대부분 내가 애쓰지 않아도 저절로 이루어지게 되어 있는 반면 우리가 성취하려고 애쓰는 대부분의 일들은 굳이 해내지 않아도 되는 것들이다. 모두가 치열하게 살지 않아도 된다. 모두가 꿈과 목표를 가지고 희망을 향해 전진하지 않아도 된다. 모두가 노력하고 도전하지 않아도 된다. 치열하게 살지 않는 나에게 비수를 던지는 사람은 혼자 치열하게 사는 것이 억울해서 그러는 거다. 왜 더 노력하지 않느냐고 반문하는 사람은 자신이 노력해서 이룬 성과를 자랑하고 싶어서 그러는 거다. 도전정신이 부족하다고 채근하는 사람은 도전 후에 따라오는 부담감을 다른 사람과 나눠 지고 싶어서 그러는 거다.

그러니까 우리는 모두가 아무것도 아니어서 그러는 거다. 누군가 당신에게 비수 같은 말을 한다면 속으로 이렇게 생각하자.

'뭐, 대단한 사람이라고.'

우리는 비교하는 버릇이 몸에 배어 있다. 물건을 살 때도, 식당에서 메뉴를 고를 때도 이것저것을 비교한다. 언젠가부터는 사람도 가려서 만나기 시작한다. 어쩌면 가장 먼저 체득하고 빨리 마스터하는 능력이 비교일지도 모르겠다. 우리가 비교를 하는 이유는 단순하다. '손해 보고 싶지 않아서'다. A를 선택하고 B를 포기하는 순간, A에서 B를 뺀 만큼이 플러스인지 마이너스인지 본능적으로 계산하게 되어 있다. 그 값이 클수록 잘한 선택이 된다. 만약 그 값이 마이너스가 되면 우리는 그것을 후회라고 부른다.

보기가 늘어날수록 선택은 어려워진다. A를 선택하기 위해 B, C, D, E까지 포기해야 하기 때문이다. 먹을 게 사과밖에 없을 때는 맛에 상관없이 먹는 것으로 만족한다. 하지만 귤, 배, 포도도 있는데 사과만 먹으라고 하면 이야기가 달라진다. 그 사과는 귤보다 상큼하고 배보다 아삭하며 포도보다 달콤해야 한다. 설사 사과가 별로 맛이 없더라도 우리는 철저하게 자기 합리화에 능숙한 인간인지라 스스로를 설득한다. 선택지가 늘어날수록 우리는 선택을 위한 선택을 해야 하는 뫼비우스의 띠에 갇히게 된다. 그렇다. 선택지가 늘어날수록 잉여도 그만큼 늘어난다.

매일 해오던 전업을 그만두고 백수가 된 나는 사회가 규정한 잉여였다. 사전적 의미 그대로 다 쓰고 난 나머지. 이제 또 무언가 선택해야 하는데 마땅한 보기도 주어지지 않았다. 대책 없이 잉여인간이 된 나는 어떤 때는 미친 듯이 축구를 했고, 또 어떤 날은 미친 듯이 책을 읽었다. 그리고 이따금씩 방송을 해야 하는 날에는 며칠 전부터 방송 생각만 했다. 분명 매일 열심히 살고 있었지만 무엇도 확실하게 선택하지 않은 나에게는 여전히 잉여인간이라는 딱지가 붙어 있었다. 사회가 규정한 열정과 잉여는 대척점에 있는 단어 같았다.

그런 나를 보고 사람들은 종종 "자, 너의 다음 꿈은 무엇이냐, 다음 목표는 무엇이냐?" 하고 물어왔다. 내 나이에는 꿈이나 목표가 없으면 안 되는 것처럼 말이다. 몇 달간 매일 빠지지 않고 조기축구에 나가고 유도와 축구를 접목한 유아 체육관을 만들겠다고 이야기하면 사람들은 말했다.

"이제 유도가 아니라 축구야? 전공을 살려야 살아남을 수 있지! 다시 생각해봐."

그러다 어떤 날부터는 뒤늦게라도 공부를 해야겠다는 생각에 인문학 스터디를 듣고 매일《논어》를 읽었더니 사람들이 다시 물었다.

"넌 갑자기 무슨 책을 그렇게 읽어? 유도 접고 인문학자라도 되려고? 개나 소나 인문학 한다니까 너도 하는 거지? 그거 아무나 되는 거 아니야."

그러다 내가 텔레비전에 나오는 날엔 또 물었다.

"이제 스포츠인이 아니라 방송인이 다 됐네! 방송하기로 작정한 거야?"

의아했다. 왜 사람들은 나를 선택의 기로로 몰아넣는 것일까? 내가 하는 모든 일에 꿈이나 목표라는 태그를 붙이고 싶어 하는 것일까? 혹시 그러지 않으면 안 된다는 법이라도 있는 건가? 주어진 시간을 꿈이나 목표처럼 크고 거창한 것이 아닌 사소한 일에 소모하는 건 아무래도 비효율적인 걸까?

사람들은 돈이 되지 않는 일은 무조건 비생산적이라고 생각하는 것 같다. 2차 산업혁명의 끝물인 지금, 수요와 공급의 법칙에 따른 생산은 고리타분한 얘기인 걸 알면서도 삶에는 적용하지 못한다. 똑같은 색깔처럼 보이는 립스틱을 또 사고, 2년에 한 번씩 멀쩡한 휴대전화를 바꾸고, 일 년에 몇 번 입지도 못하는 옷이 쌓여 있는데도 철마다 쇼핑을 하면서 꿈은 꼭 하나만 꿔야 한다는 고정관념은 왜 생긴 건지 모르겠다. 그게 그거 같은 꿈을 꿀 수도 있는 거고, 2년에 한 번씩 꿈을 바꿀 수도 있는 거고, 일 년에 몇 번 못 이루는 꿈도 꿔볼 수 있는 거 아닌가? 모든 것이 잉여인 시대에 꿈도 좀 남아돌 수 있지 않나.

그런 의미에서 나는 트렌디한 사람이다. 주변의 성화에도 불구하고 꽤 오랜 시간 꿈도 목표도 없이 살아왔다. 남들이 보기에 허튼짓에 시간과 돈을 써가며 비효율적으로, 격하게 잉여로운 인간으로 살았다. 그 결과 어느새 조기축구회에서 나름 믿고 맡기는 스트라이커가 되어 있었고, 한 달에 열 권 이상 책을 읽었으며, 독서 토론에 나간 지도 벌써 6개월이 넘는 모범생이 되었다. 동시에 아주 화제성 있는 방송인은 아니지만 공중파 예능프로그램에 얼굴을 몇 번 비친 준방송인도 되었다. 사람들이 여전히 유도를 그만두고 다시 찾은 너의 꿈이 무엇이냐고 물어보지만 나는 상관없다. 그저 오늘 하루 몰입할 것이 있다면 족했다. 아무것도 선택한 것이 없어서 아무것도 포기한 것이 없는 풍족한 삶이었으니까. 그렇게 오로지 유도 한 가지뿐이던 내 삶에 형형색색의 물감이 칠해지고 있다.

내 사전에서만큼은 열정과 잉여가 유사어다. 다 쓰고 무언가가 남으려면 우선 다 써야 하니까, 잉여는 열정의 부산물이다. 나는 평생 그렇게 열정적인 잉여인간으로 살고 싶다.

# 마치 아무 일도 없던 것처럼, 툭툭

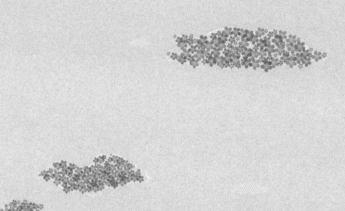

이제 청춘이라는 말도 버겁다.

괜찮다라는 말도 염치가 없다.

그런 세상이다.


그런 세상에서 나는 청춘이라고 하기엔 세파에 절어 좀 눅눅해졌고, 그렇다고 기성세대라고 하기에는 아직 도전이나 열정이라는 단어 앞에서 가슴에 불이 붙는다.

세상에 널려 있는 문제들을 보면 가슴 한구석이 답답해짐을 느낀다. 그렇다고 적극적으로 그 문제에 뛰어들어 파헤칠 배짱이나 용기는 없다. 가끔 주변 사람들에게 문제 제기를 하지만 끝까지 설득하진 않는다. 하고 싶은 게 많지만 할 수 있는 것이라도 열심히 하려고 한다. 그런데 자고 일어나면 하고 싶은 것들이 하나씩 늘어 있어 문제다.

지나다니다 보면 알아보는 사람이 없진 않다. 그렇다고 돌아다니기 불편한 정도는 아니다. 가끔 상황이 여의치 않을 때는 쌍둥이 동생의 이름을 빌린 적도 있다. 성격은 생각보다 조심스럽고, 보기보다 소심한 편이다. (다행인지 불행인지, 입이 좀 걸어서 다들 눈치채지는 못한 것 같다.)

쓰다 보니 나란 인간은 참 어중간하다. 어딘가 모르게 모순적이고 이중적이다. 흰색이라고 하기엔 때가 많이 탔고 검은색이라고 하기엔 빛이 많이 바랜, 회색 인간. 그게 지금 나의 현주소인 것 같다. 그리고 어쩌면 지금을 살아가는 우리의 색이 아닐까?

각자의 색으로 빛나던 꿈은 세상에 찌들어버렸고, 내가 세운 나만의 목표는 사치스럽고 또 유별난 것이 되어버렸다. 우리의 꿈과 목표를 회색으로 물들인 이 회색 도시에서 우리도 그렇게 회색 인간이 되어버렸다. 그렇다고 그리 절망할 일은 아니다. 기껏해야 조금 다른 명도로, 기껏해야 조금 다른 채도로 살아가는 것이 뭐 좀 어때서? 조금 더 진한 암회색도 있고, 흰색에 가까운 회백색도 있겠지만 농도만 다를 뿐, 같은 빛깔을 띤 우리는 모두 회색 인간이기에 한 폭의 멋진 수묵화를 그려낼 수도 있지 않을까?

흑백사진이 전부이던 시절처럼 운치 있게, 벼루에 묵을 갈아 난을 치던 시절처럼 여유롭게, 하찮아 보이는 일에 온 시간을 다 쏟더라도 '댓츠 오케이(That's OK)'. 그게 원래 인생이다. 아무것도 아닌 우리는 아무것도 아닐 때 가장 행복한 법이니까.

애초에 대단한 말을 쓰려고 시작한 것은 아니지만, 쓰다 보니 욕심이 생겨 대단하진 못해도 당연하지는 않은 이야기를 생각하느라 생각보다 페이지를 채우는 일이 더 어렵게 느껴졌다. 그러다 문득 원래 책에는 당연한 말들이 쓰여 있는 것 아닌가 하는 생각이 들었다. 원래 당연한 게 가장 진리에 가까운 것이니까.


구구절절 늘어놓았지만 별것 없다.

때론 남과 무관하게, 내게 무심하게, 삶은 무의미하게.

이게 정말 아무것도 아닌 내가 세상을 살아가는 방법이다.

그러니까 넘어지면, 일어나면 그만이다.

마치 아무 일도 없던 것처럼, 툭툭.

그러면 진짜 아무 일도 없던 것처럼 또 살아지더란 이야기.

나는 언제부터인가 완벽하다는 말이 불편해지기 시작했다. 사람이 흠이 없고, 매사에 빈틈없고, 언제나 옳은 결정만 하는 것을 보고 있자면 왠지 모르게 갑갑한 느낌이 든다. 우리는 모두가 완벽한 것을 추구하는 듯 보이지만 완벽한 것을 불편해하는 양가감정도 가지고 있다. 완벽에 가까워지기 위해 삶의 태도를 수정하고, 마음을 고쳐먹고, 관계를 재정립하지만 그럴수록 이상적인 나의 모습에서는 멀어지는 듯한 느낌이 든다. 인간으로 태어나 완벽을 추구한다는 건 오르지 못할 나무를 쳐다보고 먹지 못할 그림의 떡을 보는 기분이랄까?

'완벽한 사람에게도 흠이 있을까?' 어느 날 혼자 공상에 빠져 있을 때 머릿속에 떠오른 질문이다. 모든 행동이 과하지도 모자라지도 않게 딱딱 맞아떨어지고, 모든 말이 상대방의 기분을 좋게 만들며, 모든 일에 능통하고, 외모도 모두에게 호감일 만큼 멀끔하게 생겼다고 치자. 이 완벽한 사람에겐 정말 어떤 단점도 없을까? (생각할수록 조금 샘이 나긴 하네.) 이 세상에 있는 웬만한 장점을 모두 끌어모으다 보니 결국 단점이라고 뽑을 만한 건 하나뿐이었다. 이렇게 완벽한 사람은 인간적이지 않다는 것. 완벽에 가까워지려고 할수록 인간성을 잃어가기 쉽다. 그것이 완벽함의 유일하고도 치명적인 단점이다. 인간에게 인간적이지 않다는 것보다 더 큰 단점이 있을까.

그래서 나는 완벽한 사람보다 조금 더 인간적인 사람이 되기 위해 노력하기로 했다. 실수하지 않는 것이 아니라 실수를 용납하는 마음을 키우고, 모든 행동이 딱 맞아 떨어지진 않아도 한 번만 더 고민한 다음에 행동하고, 모든 일에 능통하진 않아도 하나쯤 내세울 만한 장기를 만들고, 말은 유려하기보단 마음에 있는 만큼만 하기로 했다. 외모는, 이 정도면 모두에게 호감형은 아니어도 마니아층은 더러 있으니 그냥 타고난 대로 살련다. 그래, 이 정도면 완벽하진 않지만 인간적으로 생겼잖아?

외국에는 '아시안 페일(Asian Fail)'이라는 말이 있다고 한다. 외국의 어느 학교에서 한국인 학생이 시험 성적을 받고는 책상에 엎드려 울기에 다른 학생들이 "너 시험에서 F 받았니?"라고 물었더니 "아니, 98점 받았어"라는 대답이 돌아왔다고 한다. 이런 상황에서 쓰는 말이 바로 '아시안 페일'이다. 아시안 페일은 1등이 아닌 것은 모두 실패로 보는 완벽주의에서 이어지는 패배주의를 표현한 말이다. 이 이야기를 듣고 정말 속이 상했다. 얼마나 많은 아이들이 그랬으면 '아시안 페일'이라는 신조어가 생겼을까. 그 아이들은 얼마나 많은 순간 완벽하지 않은 자신을 받아들이지 못하고 패배감에 울어야 했을까. 이 이야기가 어쩌면 '승패 선언을 하지 않는 어린이 유도장'을 만드는 결정적인 역할을 했는지도 모른다.

결국 우리가 완벽주의와 패배주의에서 벗어나지 못하는 건 노력만 하면 누구나 잘할 수 있다고 생각하는 성급한 일반화의 오류 때문이다. 살다 보면 아무리 노력해도 안 되는 경우가 너무 많지 않은가? 돌이켜보면 세상에서 일어나는 일 중에 노력으로만 이루어지는 건 10분의 1도 안 될 것이다.

그런데 죽어라 노력해서 무조건 이뤄내라고 강요하는 건 세상을 반쪽만 보고 살라는 이야기다. 나의 한계 안에서 최선을 다하는 방법을 배웠다면 그다음에는 내가 의도하지 않은, 내 열심과 상관없는 일을 잘 받아들이는 방법도 배워야 한다. 하지만 아무도 '내 열심과 무관하게 일어나는 일에 대처하는 방법' 따위는 가르쳐주지 않는다. 그래서 무조건 열심히만 하다가 열심히 해도 안 되는 일 앞에서는 속수무책으로 무기력하게 나자빠진다.

내가 할 수 있는 일이 많다고 생각하면 온몸에 힘이 들어가기 마련이다. 뭐든 내 힘으로 하려고 하니까 힘이 드는 것이다. 가끔은 신에게 맡겨봐도 괜찮다. 생각해보면 숨도 내 멋대로 못 쉬는 몸뚱이 가지고 오직 내 힘으로 큰일을 해보겠다는 포부 자체가 어리석은 것일지 모른다. 역사에 남을 만한 업적을 가진 사람들 중에 완벽한 사람은 단 한 사람도 없었다. 그중 누구도 100퍼센트 자신의 힘으로 그 일을 이루지 못했다. 시대의 흐름이 그 사람을 들어올렸을 뿐이다.

나는 완벽할 수 없기에 하찮은 사람, 그러니까 아무것도 아닌 사람이 되기로 했다. 시간을 비효율적으로 쓰고 조금 불평하면서 삐딱하게 세상을 보기로 마음먹었다. 그게 잘사는 것 같아서가 아니라 어차피 잘사는 게 뭔지 평생 알 수 없을 것 같아서다. 힘을 빼자. 완벽하지 않은 자연스러운 나를 사랑하자. 우리는 완벽하지 않아서 인간적일 수 있다.

완벽하게 생긴 공 위에 물건을 올린다면 무엇이 가장 잘 올라갈까? 안정적인 네모? 아니면 완벽한 도형이라는 세모? 그것도 아니면 동그라미?

정답은 '어떤 도형이든 똑같다'다. 어차피 공 위에 물건을 올리면 맞닿는 꼭짓점은 하나뿐이다. 어떤 도형이든 공 위에 올리면 그 하나의 꼭짓점과 맞닿는다. 동그란 지구를 살아가는 방법도 마찬가지다. 사람들이 말하는 가장 안정적인 네모일 필요도 없고, 역사적으로 증명된 가장 완벽한 세모일 필요도 없고, 가장 평범해 보이는 동그라미를 닮을 필요도 없다. 동그란 지구 위에서 잘 버티려면 그저 지구와 맞닿을 꼭짓점 하나만 있으면 된다.

# 잘 넘어지는 연습

초판 1쇄 인쇄 2017년 11월 7일
초판 1쇄 발행 2017년 11월 13일

지은이 | 조준호
발행인 | 박재호
편집 | 홍다휘, 강혜진, 이미현
마케팅 | 김용범
총무 | 김명숙
종이 | 세종페이퍼
인쇄·제본 | 한영문화사

발행처 | 생각정원 Thinking Garden
출판신고 | 제25100-2011-320호(2011년 12월 16일)
주소 | 서울시 마포구 양화로 156(동교동) LG팰리스 814호
전화 | 02-334-7932 팩스 | 02-334-7933
전자우편 | pjh7936@hanmail.net

ISBN 979-11-88388-13-4 03810

이 도서의 국립중앙도서관 출판예정도서목록(CIP)은 서지정보유통지원시스템 홈페이지
(http://seoji.nl.go.kr)와 국가자료공동목록시스템(http://www.nl.go.kr/kolisnet)에서
이용하실 수 있습니다. (CIP제어번호: CIP2017028905)

만든 사람들
구성 | 전보라
책임편집 | 강혜진
교정교열 | 윤정숙
디자인 | 김윤남
일러스트 | 팬마